U0072356

山田社

山田社

音標

『KK』

10倍神速

記憶

法

李洋　著

附贈CD

山田社

前言

英語教學界資深教師李洋，針對國人學習KK音標的情形，診斷出以下6項通病：

1. 課本內容太死板太催眠
2. 聽不出相似發音的差別
3. 沒有老師在身邊，就無法掌握發音技巧
4. 一開口就心虛，不敢大聲唸
5. 舉一卻無法反三，只能埋頭苦學
6. 想簡單學、趣味學、最好能邊玩邊學，但要「立即見效」！

No problem！

您的疑難雜症，《KK音標10倍神速記憶法》一本包辦！

放心交給急救黃金陣容！您的發音問題，馬上臨刃而解！

● 「10倍速音標記憶網」舉一反三，發音高手暗藏的絕招！

為什麼那個人說起英文來就是那麼溜？別氣餒，這絕對不是理解力的問題。高手的所有學習技巧，書中都有記載！學會1個音標，就能無限活用！利用「10倍速音標記憶網」，例如哪些字母，發音[e]，原來一般是a，也有ai,ay,甚至有ei,ey。這裡只要看一個音標記憶網，就一目了然啦！

● 「由內到外全包辦」的發音技巧！

KK音標發音跟哪個中文字、注音相近？要怎麼聯想才不會忘記？舌頭、嘴形要怎麼擺，發音才到位？想看看外國人發音是什麼嘴形？從大腦的思考、口腔內的動作到嘴形的呈現，帶您實際演練一回！

● 從單字、句子中，發現音標的角色扮演！

學會音標之後該怎麼運用呢？本書帶您將它實際活用在單字、句子裡，親身體會音標的作用！配合專業外籍教師錄製的CD，邊聽邊看邊朗讀。您會清楚看見、聽見音標所扮演的重要角色！

● 「比較相似音」一點就通！

舉出容易混淆的相似音，並指出兩個發音的關鍵差異。還有嘴形的照片，讓您比較，真的一看就懂，一點就通喔！

● 好笑又KUSO的「嘴上體操」！

想要學好1個音就必須有充分的練習。透過外籍教師精心編寫的英語繞口令做「嘴上體操」，搭配好笑逗趣的插畫，喚起您兒時學習的童心！爆笑歡樂卻字字珠璣，在遊戲中反覆演練，不知不覺玩出英語口！

● 有趣有效「趣味練習」！

發音問題，更是配合活潑的插圖、趣味小遊戲，讓您輕鬆、有趣地驗收所學的成果。有效地打好中學、高中的月考及高中、大學的入學考試基本功。

母音

子音

MEMO

母音

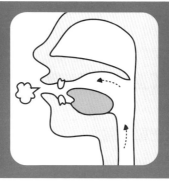

1 [i] 的發音

拍照的時候，雙唇拉開，露出牙齒笑一個。

 怎麼發音呢

[i]的音該怎麼發呢？首先舌頭上升，但是沒有碰到硬顎，留下一條細細的通道。舌頭維持這個姿勢，將嘴唇往兩邊拉，展現迷人的微笑。接著振動聲帶，讓氣流緩緩流出，就可以發出又長又漂亮的[i]囉！

 邊聽邊練習單字跟句子的發音喔

<大聲唸出單字喔>

❶ sea	[si]	海
❷ me	[mi]	我
❸ pea	[pi]	豌豆
❹ read	[rid]	閱讀
❺ tea	[ti]	茶
❻ bee	[bi]	蜜蜂

<大聲唸出句子喔>

❶ Sheep eats cheese.
　　　　羊吃起士。

❷ We need a key.
　　　　我們需要一把鑰匙。

❸ She feeds bees.
　　　　她餵蜜蜂。

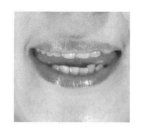

[i]

 比較[i]跟[ɪ]的發音

兩個母音就像是媽媽和小孩,發音非常相似。[i]發音比較長,嘴形比較扁平,而[ɪ]就是[i]的小孩,發音又短又急,可是嘴形相同喔!

CD

track
1

[i]			[ɪ]		
❶ heat	[hit]	溫度	hit	[hɪt]	打擊
❷ lead	[lid]	領導	lid	[lɪd]	蓋子
❸ feel	[fil]	感覺	fill	[fɪl]	裝滿
❹ Pete	[pit]	彼得	pit	[pɪt]	洞

 玩玩嘴上體操

It's a pizza Tim's team's eating.
提姆的隊員吃的是比薩。

7

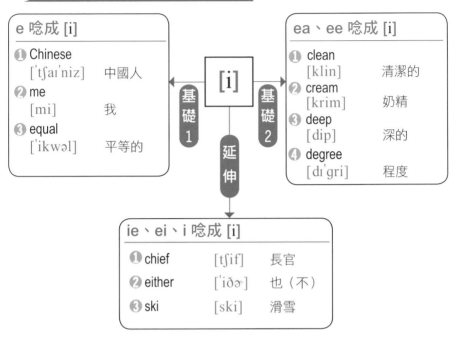

e 唸成 [i]
❶ Chinese ['tʃaɪ'niz] 中國人
❷ me [mi] 我
❸ equal ['ikwəl] 平等的

ea、ee 唸成 [i]
❶ clean [klin] 清潔的
❷ cream [krim] 奶精
❸ deep [dip] 深的
❹ degree [dɪ'gri] 程度

[i]

基礎 1

基礎 2

延伸

ie、ei、i 唸成 [i]
❶ chief [tʃif] 長官
❷ either ['iðɚ] 也（不）
❸ ski [ski] 滑雪

1 比較看看

比較看看，將劃線部份發音相同的打勾。

1 ☐ me / men
（我 / 男人）

2 ☐ she / the
（她 / 那個）

3 ☐ meat / seat
（肉類 / 座位）

4 ☐ lead / learn
（領導 / 學習）

5 ☐ people / please
（人們 / 請）

6 ☐ weak / weather
（柔弱 / 天氣）

7 ☐ steal / still
（偷竊 / 仍然）

8 ☐ see / sea
（看見 / 海洋）

答案 3. 5. 8

2 玩玩看

你的身上帶著多少[i]呢？請根據圖中箭頭猜猜看是身體或衣服的哪個部位。

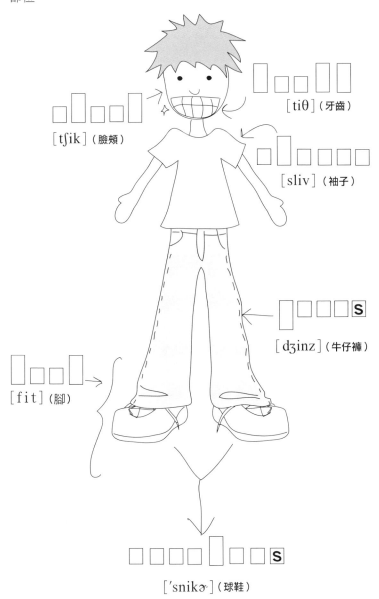

[tiθ]（牙齒）

[tʃik]（臉頰）

[sliv]（袖子）

[dʒinz]（牛仔褲）

[fit]（腳）

[ˈsnikɚ]（球鞋）

9

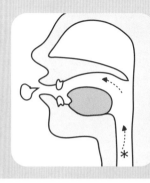

2 [ɪ] 的發音

我兒子考試得第「一」啦！

一！！！

 怎麼發音呢

[ɪ]是[i]的偷懶版。首先是舌頭位置比[i]低一點，在[i]與[e]之間，嘴唇往兩邊分開程度比[i]小一點，而且舌頭不用像[i]一樣緊繃，發出比[i]來得短的音。別忘了不只是長短音的分別，舌頭與嘴唇的位置也不同喔！

 邊聽邊練習單字跟句子的發音喔

＜大聲唸出單字喔＞

❶ kid   [kɪd]   小孩   ❹ sick   [sɪk]   生病

❷ sit   [sɪt]   坐下   ❺ pig   [pɪg]   豬

❸ it   [ɪt]   它   ❻ hill   [hɪl]   山丘

＜大聲唸出句子喔＞

❶ Billy picks a wig.

比利撿起一頂假髮。

❷ It will win.

它將取得勝利。

❸ The kid is sick.

那孩子病了。

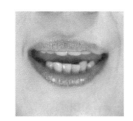

[ɪ]

 比較[ɪ]跟[ɛ]的發音

在發這兩個母音時，會發現兩者發音位置很像，只是在發[ɛ]的時候要把嘴巴張比較大一點喔。請試試看先發一個[ɪ]，再把嘴巴微微張開，就發出[ɛ]這個音了！

CD

track 2

	[ɪ]			[ɛ]	
❶ pit	[pɪt]	坑	pet	[pɛt]	寵物
❷ bit	[bɪt]	一點	bet	[bɛt]	打賭
❸ chick	[tʃɪk]	小雞	check	[tʃɛk]	檢查
❹ sill	[sɪl]	窗台	sell	[sɛl]	賣

 玩玩嘴上體操

It fits, Miss Fitz.
費芝小姐，那很適合你。

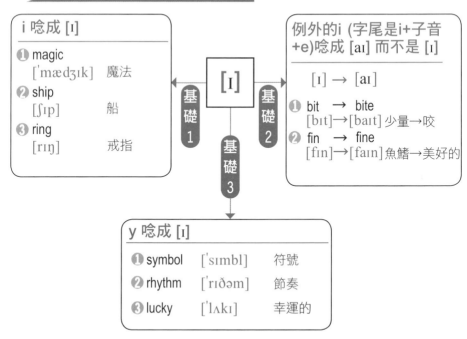

i 唸成 [ɪ]

❶ magic
  ['mædʒɪk]   魔法
❷ ship
  [ʃɪp]   船
❸ ring
  [rɪŋ]   戒指

[ɪ]

例外的i (字尾是i+子音+e)唸成 [aɪ] 而不是 [ɪ]

[ɪ] → [aɪ]

❶ bit → bite
  [bɪt]→[baɪt] 少量→咬
❷ fin → fine
  [fɪn]→[faɪn] 魚鰭→美好的

基礎 1

基礎 2

基礎 3

y 唸成 [ɪ]

❶ symbol   ['sɪmbl]   符號
❷ rhythm   ['rɪðəm]   節奏
❸ lucky   ['lʌkɪ]   幸運的

1 唸唸看

唸唸看,請將與題目發音相同的選出來。

1 ___ will   ①well   ②feel   ③kill   ④deal
2 ___ kiss   ①miss   ②nice   ③mice   ④rice
3 ___ live   ①five   ②leave   ③knife   ④lip
4 ___ this   ①thirsty ②thing   ③third   ④three
5 ___ is   ①ice   ②island ③ill   ④idea

答案1.③ 2.① 3.④ 4.② 5.③

2 玩玩看

動物園裡的動物通通跑出來了，管理員想請你幫幫忙，希望你把帶有母音[ɪ]的動物趕進柵欄裡。

monkey

peacock

chicken

eagle

deer

rabbit

sheep

pig

[ɪ]

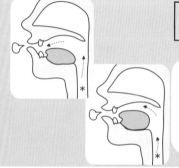

3 [e] 的發音

ABCD的A啦！

 怎麼發音呢

將舌頭往前延伸，位置在[i]與[a]之間，不高也不低，嘴唇往兩邊拉，發出一個長長的[e]。在英語中[e]的發音，舌頭會從原來的位置，緩緩的往上滑向[ɪ]的位置，所以是以[ɪ]作為結尾，這樣才是漂亮的[e]喔！

 邊聽邊練習單字跟句子的發音喔

＜大聲唸出單字喔＞

❶ cake　[kek]　蛋糕
❷ late　[let]　遲到
❸ mail　[mel]　郵件

❹ nail　[nel]　指甲
❺ stay　[ste]　停留
❻ great　[gret]　很棒

＜大聲唸出句子喔＞

❶ Hey, wait!
　　　　喂，等等。
❷ They make cake.
　　　　他們做蛋糕。
❸ The rain in Spain remains the same.
　　　　西班牙的雨還是老樣子。

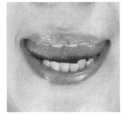 [e]　　　　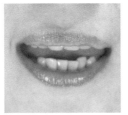 [ɪ]

 ## 比較 [e] 跟 [ɛ] 的發音

這一組母音也是長短音的關係，把[e]發得短一點就是[ɛ]啦。請試試看發出一個短音[ɛ]，再把發音的時間拉長，嘴形縮小一點，是不是就變成了長音的[e]了呢！

CD

track 3

	[e]			[ɛ]	
❶ late	[let]	遲了	let	[lɛt]	讓
❷ gate	[get]	門	get	[gɛt]	得到
❸ pain	[pen]	疼痛	pen	[pɛn]	原子筆
❹ wait	[wet]	等待	wet	[wɛt]	濕

 ## 玩玩嘴上體操

**Rain, rain, go away,
Come again another day;
Little Johnny wants to play.**

大雨大雨不要下，
可不可以改天下，
小強尼想出去玩呀。

15

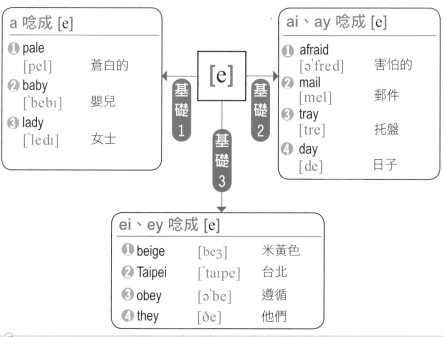

a 唸成 [e]

❶ pale
　[pel]　蒼白的
❷ baby
　['bebɪ]　嬰兒
❸ lady
　['ledɪ]　女士

[e]

基礎1　基礎2　基礎3

ai、ay 唸成 [e]

❶ afraid
　[ə'fred]　害怕的
❷ mail
　[mel]　郵件
❸ tray
　[tre]　托盤
❹ day
　[de]　日子

ei、ey 唸成 [e]

❶ beige　[beʒ]　米黃色
❷ Taipei　['taɪpe]　台北
❸ obey　[ə'be]　遵循
❹ they　[ðe]　他們

1 唸唸看

唸唸看，並將畫線地方發音不同的圈起來。

1 c<u>a</u>ke f<u>a</u>ke d<u>a</u>te g<u>a</u>te f<u>a</u>t

2 n<u>a</u>me s<u>a</u>me <u>a</u>m c<u>a</u>me g<u>a</u>me

3 afr<u>ai</u>d ag<u>ai</u>n rem<u>ai</u>n cert<u>ai</u>n reg<u>ai</u>n

4 th<u>ey</u> s<u>ay</u> gr<u>ay</u> aw<u>ay</u> k<u>ey</u>

5 <u>ea</u>t <u>ea</u>ger st<u>ea</u>k f<u>ea</u>r m<u>ea</u>t

答案1.fat 2.am 3.certain 4.key 5.steak

2 玩玩看

經過工廠四個加工步驟，正確挑選出單字的四個字母之後，所有的單字都有[e]了呢！換你拼拼看喔！

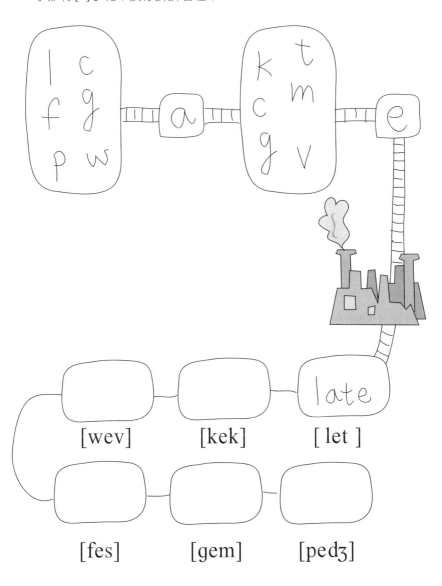

[wev]　　　　[kek]　　　　[let]

[fes]　　　　[gem]　　　　[pedʒ]

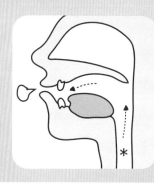

4 [ɛ]的發音

哇！這床很棒
「耶」！

怎麼發音呢

[ɛ]的發音部位很接近[e]。首先舌頭往前延伸，位置比[e]低一點，卻又比[æ]高一些。嘴唇自然微張，比[ɪ]大一點。接著振動聲帶，輕鬆發出比[e]短一點的音，聽起來很像中文的「ㄝ」。

邊聽邊練習單字跟句子的發音喔

＜大聲唸出單字喔＞

❶ head　[hɛd]　　頭
❷ men　[mɛn]　　男人
❸ best　[bɛst]　　最好的
❹ sell　[sɛl]　　賣
❺ egg　[ɛg]　　雞蛋
❻ enter　['ɛntɚ]　　進入

＜大聲唸出句子喔＞

❶ Let's get some rests.
　　　　我們休息一下吧。

❷ The red desk has four legs.
　　　　紅書桌有四支腳。

❸ The vet said the pet is in bed.
　　　　獸醫說那隻寵物已經睡了。

CD

track
4

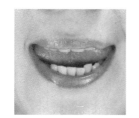

[ɛ]

 比較[ɛ]跟[æ]的發音

請試試看先發一個[ɛ]，再慢慢地把嘴巴張大拉長，同時舌頭也要用力壓低，這樣就可以發出[æ]了喔！

CD

track 4

	[ɛ]			[æ]	
❶ pet	[pɛt]	寵物	pat	[pæt]	輕拍
❷ leg	[lɛg]	腿	lag	[læg]	落後
❸ pest	[pɛst]	害蟲	past	[pæst]	過去
❹ said	[sɛd]	說	sad	[sæd]	悲傷

 玩玩嘴上體操

Fred fed Ted bread, and Ted fed Fred bread.
弗德餵泰德麵包，泰德餵弗德麵包。

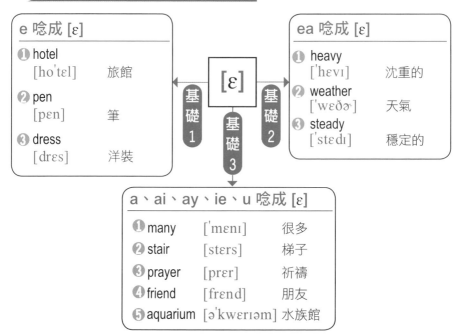

e 唸成 [ɛ]

❶ hotel
[ho'tɛl]　　旅館

❷ pen
[pɛn]　　筆

❸ dress
[drɛs]　　洋裝

ea 唸成 [ɛ]

❶ heavy
['hɛvɪ]　　沈重的

❷ weather
['wɛðɚ]　　天氣

❸ steady
['stɛdɪ]　　穩定的

[ɛ]

基礎1　基礎2　基礎3

a、ai、ay、ie、u 唸成 [ɛ]

❶ many　　['mɛnɪ]　　很多
❷ stair　　[stɛrs]　　梯子
❸ prayer　　[prɛr]　　祈禱
❹ friend　　[frɛnd]　　朋友
❺ aquarium　　[ə'kwɛrɪəm] 水族館

1 唸唸看

唸唸看，再將與題目發音不同的選出來。

1 ☐ b<u>e</u>t　　①p<u>e</u>t　　②n<u>e</u>t　　③g<u>e</u>t　　④b<u>ea</u>t
2 ☐ gu<u>e</u>ss　　①qu<u>e</u>stion　②qu<u>ee</u>n　③gu<u>e</u>st　④qu<u>e</u>st
3 ☐ l<u>e</u>ft　　①h<u>e</u>lp　　②t<u>e</u>st　　③n<u>e</u>xt　　④th<u>e</u>re
4 ☐ w<u>ea</u>r　　①h<u>ea</u>r　　②f<u>ea</u>ther　③h<u>ea</u>ven　④p<u>ea</u>r
5 ☐ <u>e</u>nter　　①<u>E</u>nglish　②<u>e</u>mpty　③<u>e</u>nd　　④<u>e</u>very

答案1.④ 2.② 3.④ 4.① 5.①

2 玩玩看

下面這個房間裡擺滿了各式各樣的家具，都跟母音[ɛ]有關喔！請找出
圖中七項家具，將它們的名字填在空格裡。

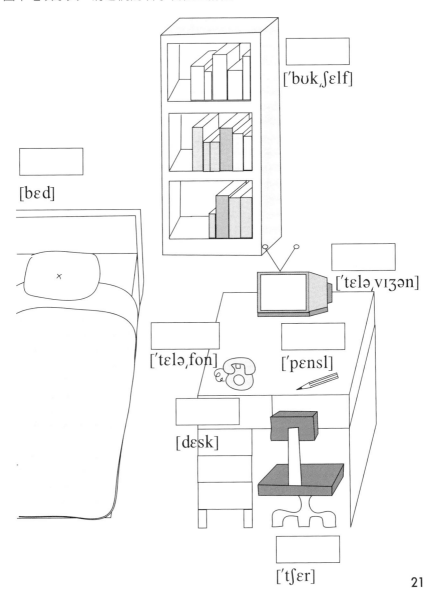

['bʊkˌʃɛlf]

[bɛd]

['tɛləˌvɪʒən]

['tɛləˌfon]

['pɛnsl]

[dɛsk]

['tʃɛr]

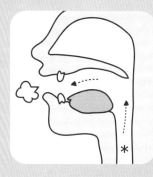

5 [æ] 的發音

嘴巴上下、左右大大張開喔「ㄟ」！

 怎麼發音呢

長得很像蝴蝶的[æ]，發音很容易跟[ɛ]搞混喔！先發出[ɛ]的音，再調整嘴形，上下開口大一點。舌頭從[ɛ]的位置往下移。接著舌頭稍微用力，才能發出與[ɛ]不同的蝴蝶音喔！

CD
___
track
5

 邊聽邊練習單字跟句子的發音喔

＜大聲唸出單字喔＞

❶ cat   [kæt]   貓   ❹ rat   [ræt]   老鼠
❷ ax   [æks]   斧頭   ❺ bat   [bæt]   球棒
❸ ant   [ænt]   螞蟻   ❻ sand   [sænd]   沙子

＜大聲唸出句子喔＞

❶ Cats catch rats.

貓捉老鼠。

❷ My dad is mad.

我爸爸在生氣。

❸ Jack asks Mathew to fax him.

傑克要求馬修傳真給他。

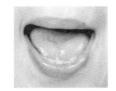

[æ]

比較 [æ] 跟 [ʌ] 的發音

[æ]是個力量很強大的母音，發音時需要嘴角和舌頭都用力，相對的[ʌ]不需要太用力。請試著比較下面四組發音，感受一下在發這兩個母音時所需要力量的不同。

CD

track
5

	[æ]			[ʌ]	
❶ bat	[bæt]	球棒	but	[bʌt]	但是
❷ cap	[kæp]	棒球帽	cup	[kʌp]	杯子
❸ fan	[fæn]	歌迷	fun	[fʌn]	有趣
❹ apple	[ˈæpl]	蘋果	couple	[ˈkʌpl]	一雙

玩玩嘴上體操

Fat frogs fly past fast and the last exactly lapses into a gap at last.

胖青蛙一隻隻很快地飛過去，結果最後一隻正巧掉進縫裡。

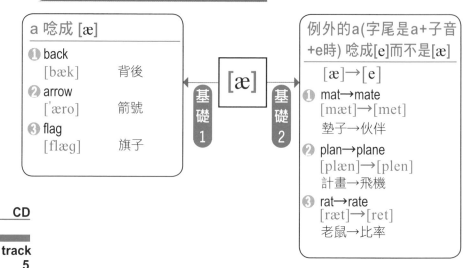

10倍速音標記憶網——哪些字母或字母組合唸成[æ]

a 唸成 [æ]

❶ back
[bæk]　　背後

❷ arrow
['æro]　　箭號

❸ flag
[flæg]　　旗子

[æ]

基礎 1 ← → 基礎 2

例外的a(字尾是a+子音+e時) 唸成[e]而不是[æ]

[æ]→[e]

❶ mat→mate
[mæt]→[met]
墊子→伙伴

❷ plan→plane
[plæn]→[plen]
計畫→飛機

❸ rat→rate
[ræt]→[ret]
老鼠→比率

CD

track
5

---

1 聽聽看

聽聽看，把聽到的單字圈出來。

1. bat / bet　　（球棒 / 打賭）

2. land / lend　　（土地 / 借出）

3. tap / tip　　（輕拍 / 訣竅）

4. dad / dead　　（爸爸 / 死亡）

5. face / fast　　（臉孔 / 快速）

6. mask / make　　（面具 / 使得）

7. past / pace　　（過去 / 步伐）

8. last / late　　（最後 / 遲的）

9. Sam / same　　（山姆 / 相同）

10. task / taste　　（工作 / 嚐）

答案1.bat 2.land 3.tip 4.dad 5.fast 6.make
7.past 8.last 9.same 10.task

24

2 玩玩看

字母 a [æ]遲到了，但是每個單字只有一個地方願意讓字母 a [æ]插隊，
字母 a [æ]要找自己的正確座位，這樣才能拼出正確的單字。

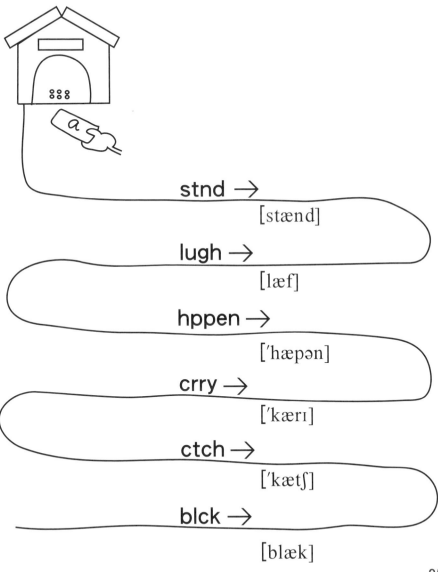

stnd →

[stænd]

lugh →

[læf]

hppen →

['hæpən]

crry →

['kærɪ]

ctch →

['kætʃ]

blck →

[blæk]

6 [ɑ] 的發音

坐在牙醫的椅子上，嘴巴張大大的「啊」。

 怎麼發音呢

[ɑ]就像是看牙醫時，醫生叫你把嘴巴張開，「阿～」。舌頭的位置最低，但不只是平放，後半部要微微上升。嘴巴大大張開，比[æ]還要大。舌頭不用像[æ]一樣用力，輕鬆發出[ɑ]的音就可以了。

 邊聽邊練習單字跟句子的發音喔

＜大聲唸出單字喔＞

❶ top　　[tɑp]　　頂端　　　　❹ socks　[sɑks]　襪子
❷ shop　[ʃɑp]　　商店　　　　❺ knock　[nɑk]　敲
❸ hot　　[hɑt]　　熱　　　　　❻ box　　[bɑks]　箱子

＜大聲唸出句子喔＞

❶ The pot is hot.
　　　　　　　那個水壺很燙。

❷ The frog is calm in the pond.
　　　　　　　青蛙安安靜靜待在池塘裡。

❸ Her column is on the top of this page.
　　　　　　　她的專欄在這頁的最上面。

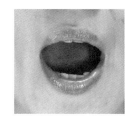

[ɑ]

[ɑr]就是在[ɑ]後面多加上一個捲舌音，請比較下面各組發音，感受一下多了[r]和少了[r]的發音有什麼不同。

CD

track 6

	[ɑ]				[ɑr]		
❶	father	[ˈfɑðɚ]	父親	farther	[ˈfɑrðɚ]	更遠
❷	lodge	[lɑdʒ]	房子	large	[lɑrdʒ]	廣闊
❸	pot	[pɑt]	壺	part	[pɑrt]	一部份
❹	stop	[stɑp]	停止	start	[stɑrt]	開始

 玩玩嘴上體操

If one doctor doctors another doctor, does the doctor who doctors the doctor doctor the doctor the way the doctor he is doctoring doctors?

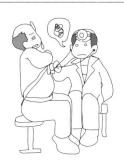

如果有個醫生醫治另一個醫生，那麼醫治這個醫生的醫生會不會以醫治其他醫生的醫法來醫治這個醫生？

10倍速音標記憶網 —— 哪些字母或字母組合唸成[ɑ]

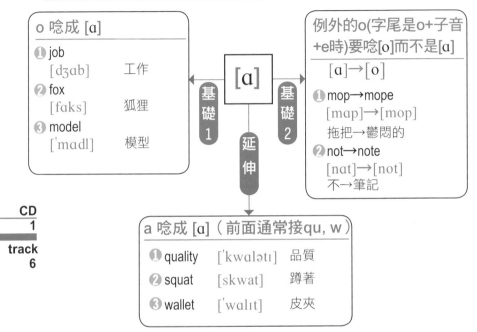

o 唸成 [ɑ]

❶ job
　[dʒɑb]　　工作
❷ fox
　[fɑks]　　狐狸
❸ model
　['mɑdl]　　模型

[ɑ]

基礎1　基礎2　延伸

例外的o(字尾是o+子音+e時)要唸[o]而不是[ɑ]

[ɑ]→[o]

❶ mop→mope
　[mɑp]→[mop]
　拖把→鬱悶的
❷ not→note
　[nɑt]→[not]
　不→筆記

a 唸成 [ɑ]（前面通常接qu, w）

❶ quality　　['kwɑlətɪ]　品質
❷ squat　　[skwɑt]　蹲著
❸ wallet　　['wɑlɪt]　皮夾

CD
1
track
6

 1 聽聽看

聽聽看，把聽到的單字圈起來。

1 dull / doll
　（沉悶的 / 洋娃娃）

2 collar / color
　（領子 / 顏色）

3 shut / shop
　（關閉 / 店家）

4 block / blood
　（街區 / 血液）

5 cop / cup
　（警察 / 杯子）

6 look / lock
　（看著 / 鎖上）

7 box / bus
　（箱子 / 公車）

8 father / mother
　（父親 / 母親）

答案1.doll 2.color 3.shop 4.blood 5.cop 6.lock 7.bus 8. mother

2 玩玩看

下面插圖的英文單字藏在哪裡呢？找找看，一個個圈出來，並寫在合適的圖案。

s	h	o	p	b	d	e	c	f	i
m	l	p	r	o	k	o	h	r	s
b	d	i	g	m	u	s	i	e	o
o	d	o	c	t	o	r	f	t	c
b	e	w	m	s	o	p	v	b	c
o	o	a	b	o	x	z	g	l	e
t	t	t	s	e	u	b	v	h	r
t	d	c	m	c	l	o	c	k	w
l	p	h	f	j	k	o	y	v	z
e	e	t	d	o	l	l	a	r	d

① （足球） _____ [ˈsakə]

② （醫生） _____ [ˈdaktɚ]

③ （箱子） _____ [baks]

④ （鐘） _____ [klak]

⑤ （手錶） _____ [watʃ]

⑥ （店家） _____ [ʃap]

⑦ （瓶子） _____ [ˈbatl]

⑧ （美金） _____ [ˈdalɚ]

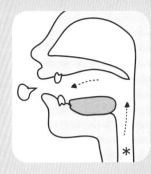

7 [ɔ] 的發音

嘴巴裡面好像有一個黑洞窟！

 怎麼發音呢

看看[ɔ]的長相是不是很像開了口的[o]啊？沒錯，[ɔ]的嘴形就像打開的[o]，比[o]大一點，舌頭的後半部雖然上升，但是位置比[o]還要低。[ɔ]跟[o]的嘴形跟舌頭位置是不一樣的喔！

 邊聽邊練習單字跟句子的發音喔

＜大聲唸出單字喔＞

❶ fault   [fɔlt]   錯   ❹ call   [kɔl]   叫
❷ naughty   [ˈnɔtɪ]   調皮   ❺ bald   [bɔld]   禿頭
❸ law   [lɔ]   法律   ❻ cost   [kɔst]   花費

＜大聲唸出句子喔＞

❶ Let's play seesaw.
　　　　　　我們來玩翹翹板吧！
❷ Paul is wrong.
　　　　　　保羅錯了。
❸ The tall girl saw some fog.
　　　　　　高個子的女孩看到一些霧。

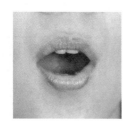

[ɔ]

比較 [ɔ] 跟 [ɑ] 的發音

[ɔ]的嘴形比[ɑ]還小，舌頭比較放鬆，送氣時有點向內縮，在尾端忽然停住的感覺，不像[ɑ]那樣將氣完全的送出口。

	[ɔ]			[ɑ]	
❶ hall	[hɔl]	大廳	hot	[hɑt]	熱
❷ cause	[ˈkɔz]	原因	cop	[kɑp]	警察
❸ lost	[lɔst]	遺失	lot	[lɑt]	籤
❹ dog	[dɔg]	狗	dot	[dɑt]	點

玩玩嘴上體操

Offer a proper cup of coffee in a proper coffee cup.

適當的咖啡杯提供適當的咖啡。

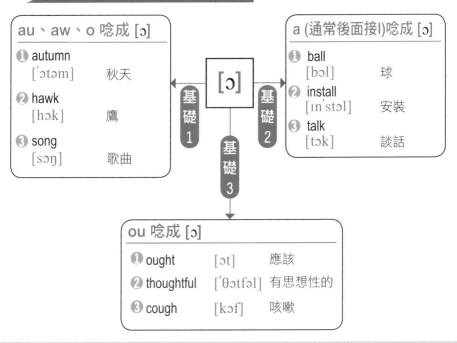

au、aw、o 唸成 [ɔ]

❶ autumn
　[ˈɔtəm]　　秋天
❷ hawk
　[hɔk]　　　鷹
❸ song
　[sɔŋ]　　　歌曲

[ɔ]

基礎 1
基礎 2
基礎 3

a (通常後面接l)唸成 [ɔ]

❶ ball
　[bɔl]　　　球
❷ install
　[ɪnˈstɔl]　安裝
❸ talk
　[tɔk]　　　談話

ou 唸成 [ɔ]

❶ ought　　　[ɔt]　　　應該
❷ thoughtful　[ˈθɔtfəl]　有思想性的
❸ cough　　　[kɔf]　　　咳嗽

 1 填填看

唸唸看，找出母音發音、拼法跟格子裡一樣的單字，並填進去。小心！有些單字沒有空格可以對應喔！

coffee　saw　daughter　store　wrong　sport　problem
strong　office　talk　autumn　baseball　also
water　November　morning　dog　often　draw　sorry

1.call	
2.boss	
3.cause	
4.law	

答案1.talk; baseball; also; water　2.coffee; store; wrong; sport; strong;
office; morning; dog; often; sorry　3.daughter; a utumn　4.saw; draw

小孩迷路了,請順著單字正確的母音音標,就可以替小男孩找到媽媽了!

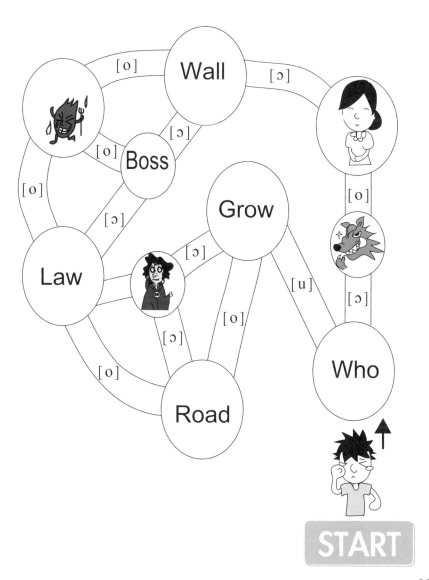

START

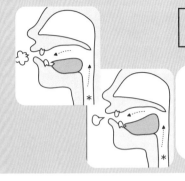

8 [o] 的發音

看到貓抓老鼠的一瞬間，發出一聲「喔」！

 怎麼發音呢

音標[o]跟字母O的外型很像，發音時嘴唇成O型，開口比吹蠟燭的[u]大一點。舌頭的後半部往後往上升，位置比[u]低一點。在英語中，長音[o]的發音部位通常會緩緩滑向[u]！

CD

track
8

 邊聽邊練習單字跟句子的發音喔

< 大聲唸出單字喔 >

❶ coat   [kot]   大衣   ❹ vote   [vot]   投票
❷ goat   [got]   山羊   ❺ sold   [sold]   賣
❸ note   [not]   筆記   ❻ slow   [slo]   慢的

< 大聲唸出句子喔 >

❶ The notebook is sold.
這台筆記型電腦已經賣出。

❷ The stone rolled to the road.
石頭滾到道路上。

❸ Please turn off the oven.
請關掉瓦斯爐。

34

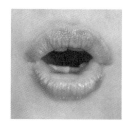 [o]    [u]

 比較[o]跟[ɔ]的發音

[o]的嘴形用力縮成一個小圓形，發音比較長，送氣也比較完全。而[ɔ]的嘴形張得比較大，嘴角也比較放鬆，發音較短促，送氣較不完全，有種突然停止的感覺。

CD

track
8

	[o]				[ɔ]		
❶	cold	[kold]	冷	call	[kɔl]	叫
❷	told	[told]	告訴	tall	[tɔl]	高
❸	fold	[fold]	折疊	fall	[fɔl]	秋天
❹	boat	[bot]	船	ball	[bɔl]	球

 玩玩嘴上體操

Old oily Ollie oils old oily autos.
又老又油腔滑調的歐力，給又舊又油的汽車加油。

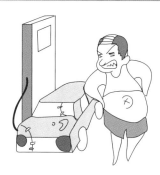

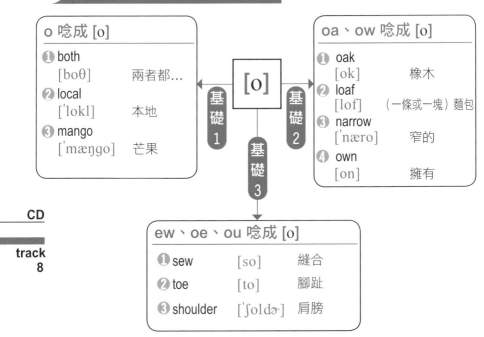

1 聽聽看

聽聽看，將唸到的單字圈起來。

1 hope / hop （希望 / 跳躍）

2 low / law （低的 / 法律）

3 boat / bought （船隻 / 買）

4 rope / rod （繩子 / 棍子）

5 lose / rose （失去 / 玫瑰）

6 clause / clothe （子句 / 穿衣）

7 born / bone （生育 / 骨頭）

8 cost / coast （花費 / 海岸）

9 almost / also （幾乎 / 也）

10 know / not （知道 / 不）

答案1.hope 2.low 3.bought 4.rope 5.rose 6.clothe 7.bone 8.cost
　　9.also 10.know

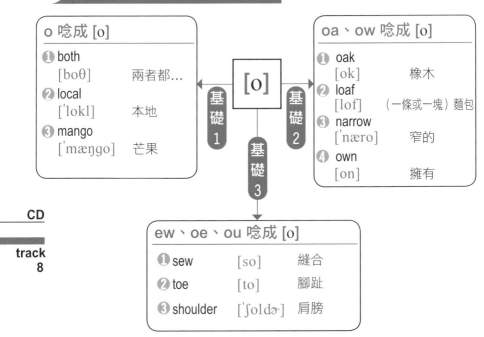

36

2 玩玩看

下列單字雖然發音都是[o]，但是拼法卻大不相同呢，請根據音標發音寫出正確的單字。

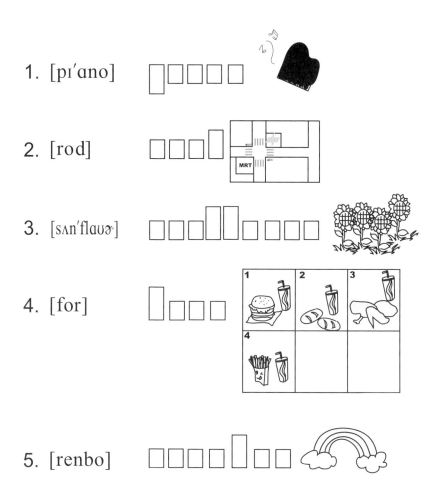

1. [pɪˋano]   ☐☐☐☐☐

2. [rod]   ☐☐☐☐

3. [sʌnˋflaʊɚ]   ☐☐☐☐☐☐☐

4. [for]   ☐☐☐☐

5. [renbo]   ☐☐☐☐☐☐☐

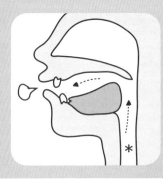

9 [ʊ]的發音

嘴唇圓圓的向前凸出，book的oo。

 怎麼發音呢

[ʊ]跟[u]不只長得很像，發音方式也很類似。首先[ʊ]的嘴形比[u]大一點，舌頭後半部上升，嘴唇與舌頭放鬆，振動聲帶，就可以輕鬆發出一個短音的[ʊ]了。

CD
___
track
9

 邊聽邊練習單字跟句子的發音喔

＜大聲唸出單字喔＞

❶ pudding ['pʊdɪŋ] 布丁
❷ put [pʊt] 放置
❸ pull [pʊl] 拉
❹ wool [wʊl] 羊毛
❺ look [lʊk] 看
❻ would [wʊd] 將會

＜大聲唸出句子喔＞

❶ Little red riding hood put puddings in the woods.
　　　　　小紅帽把布丁放在樹林裡。

❷ He looked at his foot.
　　　　　他看著自己的腳。

❸ I could cook some food.
　　　　　我可以煮些食物。

38

[ʊ]

 比較[ʊ]跟[o]的發音

[ʊ]和[o]比較起來，發音較短促、送氣比較不完全，有種發音到最後時
忽然停止送氣的感覺、嘴形比較扁、舌頭的位置比較高。

CD

track
9

	[ʊ]			[o]		
❶ good	[gʊd]	好	gold	[gold]	黃金
❷ could	[kʊd]	可以	cold	[kold]	冷
❸ book	[bʊk]	書	boat	[bot]	船
❹ foot	[fʊt]	腳	fold	[fold]	折疊

 玩玩嘴上體操

**How much wood would a woodchuck chuck
if a woodchuck could chuck wood?**
如果土撥鼠會撥弄木頭，那土撥鼠會撥弄多少木頭？

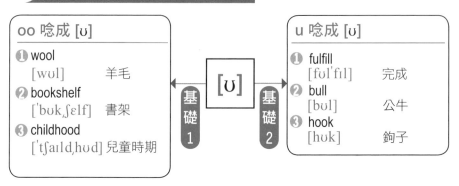

oo 唸成 [ʊ]

❶ wool
  [wʊl]　　　羊毛
❷ bookshelf
  [ˈbʊkˌʃɛlf]　書架
❸ childhood
  [ˈtʃaɪldˌhʊd] 兒童時期

[ʊ]

基礎 1

基礎 2

u 唸成 [ʊ]

❶ fulfill
  [fʊlˈfɪl]　　完成
❷ bull
  [bʊl]　　　公牛
❸ hook
  [hʊk]　　　鉤子

 ## 1 填填看

唸唸看，找出母音發音、拼法跟格子裡一樣的單字，並填進去。小心！有些單字沒有空格可以對應喔！

put　tooth　pull　should　during　sure　poor
good　educate　push　blood　tour　blue
stood　group　neighborhood　rule　cookie

1. book	
2. could	
3. full	

答案1.poor; good; stood; neighborhood; cookie 2.should; tour; 3.put; pull; during; sure; push

2 玩玩看

這是一個跳棋的棋盤，請將字母當成跳棋，跟著箭頭指示，寫出根據跳棋路線找到的單字。

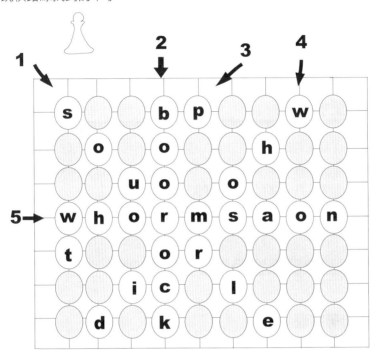

1 例：[ʃʊr] <u>s</u> <u>u</u> <u>r</u> <u>e</u>

2 [bʊk] ☐ ☐ ☐ ☐

3 [pʊt] ☐ ☐ ☐

4 [wʊd] ☐ ☐ ☐ ☐

5 [wʊmən] ☐ ☐ ☐ ☐ ☐

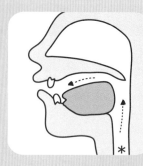

10 [u] 的發音

吹口哨的嘴形。

CD

track
10

 怎麼發音呢

首先將嘴唇嘟成圓形，像吹口哨一樣。接著將舌頭的後半部往後往上延伸，但是沒有碰到軟顎，留下一條細細的通道。最後振動聲帶，嘴唇與舌頭稍微用力，就可以發出長長的[u]了。

 邊聽邊練習單字跟句子的發音喔

＜大聲唸出單字喔＞

❶ tooth　[tuθ]　　牙齒　　　❹ room　[rum]　房間
❷ cool　 [kul]　　酷　　　　❺ zoo　 [zu]　 動物園
❸ who　 [hu]　　誰　　　　❻ rule　 [rul]　規則

＜大聲唸出句子喔＞

❶ Who use the tools in my room?
　　　　誰用了我房裡的工具?

❷ The fool shoots his shoes into the pool.
　　　　那個傻瓜把鞋子射入游泳池裡。

❸ The moon is blue through the brook.
　　　　從溪裡看到的月亮是藍色的。

[u]

 ## 比較[u]跟[ʊ]的發音

[u]和[ʊ]長的很像,兩者最主要的差異就是音的長短,[ʊ]是短音送氣較短促,嘴形較大,嘴唇與舌頭放鬆,不像[u]那麼圓。而[u]的發音比較長,可以把氣送完全。

CD

track 10

	[u]		
❶ cool	[kul]	酷
❷ wound	[wund]	傷口
❸ pool	[pul]	游泳池
❹ shoe	[ʃu]	鞋子

	[ʊ]		
could	[kʊd]	能夠
wood	[wʊd]	木材
put	[pʊt]	放置
should	[ʃʊd]	應該

 ## 玩玩嘴上體操

If a dog chews shoes, whose shoes does he choose?

如果狗會咬鞋子,牠會選擇誰的鞋子咬?

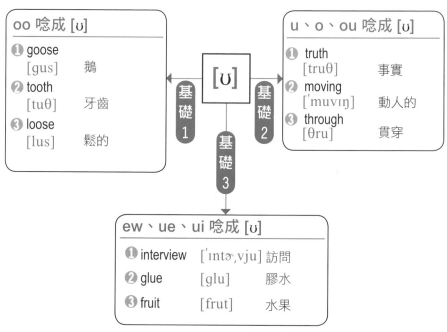

oo 唸成 [ʊ]

1. goose
   [gus]　　鵝
2. tooth
   [tuθ]　　牙齒
3. loose
   [lus]　　鬆的

[ʊ]

基礎1

基礎2

基礎3

u、o、ou 唸成 [ʊ]

1. truth
   [truθ]　　事實
2. moving
   [ˈmuvɪŋ]　動人的
3. through
   [θru]　　貫穿

ew、ue、ui 唸成 [ʊ]

1. interview　[ˈɪntɚ͵vju] 訪問
2. glue　　　[glu]　　膠水
3. fruit　　　[frut]　　水果

1 唸唸看

唸唸看,將劃線部份發音相同的打勾。

1 ☐ f<u>oo</u>d / g<u>oo</u>d （食物 / 好的）

2 ☐ c<u>oo</u>l / c<u>oo</u>k （涼爽的 / 廚師）

3 ☐ m<u>oo</u>d / m<u>u</u>d （情緒 / 泥土）

4 ☐ t<u>oo</u> / t<u>oo</u>k （也 / 取得）

5 ☐ bl<u>ue</u> / cl<u>ue</u> （藍色 / 線索）

6 ☐ gr<u>ou</u>p / gl<u>ue</u> （團體 / 膠水）

7 ☐ sh<u>oe</u> / sh<u>oul</u>d （鞋子 / 應該）

8 ☐ r<u>u</u>de / r<u>oo</u>t （粗魯的 / 根部）

9 ☐ n<u>oo</u>n / s<u>oo</u>n （中午 / 快速）

10 ☐ b<u>oo</u>t / b<u>oo</u>k （靴子 / 書本）

答案 5.6.8.9

44

2 玩玩看

學過音標以後，當然想知道自己到底記了多少，那麼就來看看左邊的音標，它們各是那些單字呢？請填在右邊喔！

1. [truθ] ⬜⬜⬜⬜⬜

2. [θru] ⬜⬜⬜⬜⬜⬜⬜

3. [lus] ⬜⬜⬜⬜⬜

4. [gus] ⬜⬜⬜⬜⬜

5. [frut] ⬜⬜⬜⬜⬜

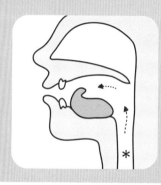

11 [ɜ] 的發音

嘴巴不用太開，舌頭捲起來，小鳥「兒」的「兒」。

 怎麼發音呢

看[ɜ]的長相是不是很像阿拉伯數字3長了尾巴呢？這個母音就類似中文的ㄓ、ㄔ、ㄕ一樣，是捲舌音，常使用在重音節。先嘴唇微微張開，把舌頭捲起來，再試著發出[ə]，就可以發出[ɜ]這個捲舌音了。

 邊聽邊練習單字跟句子的發音喔

＜大聲唸出單字喔＞

❶ turtle [ˈtɜtl] 烏龜
❷ bird [bɜd] 鳥
❸ dirt [dɜt] 灰塵
❹ early [ˈɜlɪ] 早
❺ nervous [ˈnɜvəs] 緊張
❻ prefer [prɪˈfɜ] 較喜歡…

＜大聲唸出句子喔＞

❶ This is her thirteenth birthday.
這是她十三歲的生日。
❷ The girl heard a bird singing.
女孩聽到鳥叫。
❸ The dirt made me nervous.
灰塵讓我很緊張。

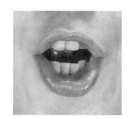

[ɝ]

 ## 比較 [ɝ] 跟 [ɚ] 的發音

[ɝ] 和 [ɚ] 都是捲舌音，嘴形類似，發音不同的關鍵點在舌頭喔！[ɝ] 的舌頭後捲較多，所以聽起來捲舌音比較重。請捲起舌頭試試看捲舌輕重吧！

CD

track
11

		[ɝ]				[ɚ]	
❶	serve	[sɝv]	服務		center	['sɛntɚ]	中心
❷	stir	[stɝ]	攪拌		polar	[polɚ]	極地的
❸	pearl	[pɝl]	珍珠		comforting	['kʌmfɚtɪŋ]	安慰的
❹	world	[wɝld]	世界		eastward	['istwɚd]	向東的

 ## 玩玩嘴上體操

Early bird learned a new word.
I heard the bird blurb the word.
Blur, blur, blur.
早起的鳥兒學了個新字，
我聽到鳥兒唱著個新字，
布勒布勒布勒。

47

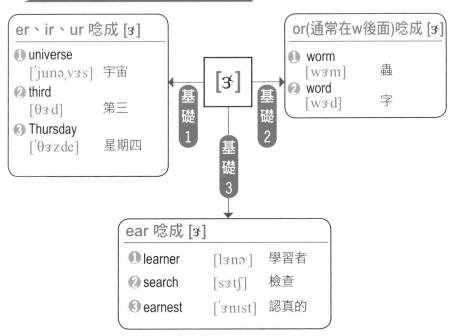

10倍速音標記憶網——哪些字母或字母組合唸成[ɝ]

er、ir、ur 唸成 [ɝ]

❶ universe
   [ˈjunəˌvɝs]　宇宙
❷ third
   [θɝd]　第三
❸ Thursday
   [ˈθɝzde]　星期四

or(通常在w後面)唸成 [ɝ]

❶ worm
   [wɝm]　蟲
❷ word
   [wɝd]　字

[ɝ]

基礎1　基礎2　基礎3

ear 唸成 [ɝ]

❶ learner　[ˈlɝnɚ]　學習者
❷ search　[sɝtʃ]　檢查
❸ earnest　[ˈɝnɪst]　認真的

1 選選看

唸唸看,將劃線部份為單字重音的打勾。

1 ☐ mu<u>r</u>der （謀殺）

2 ☐ su<u>rp</u>rise （驚喜）

3 ☐ l<u>ear</u>n （學習）

4 ☐ pref<u>er</u> （喜愛）

5 ☐ n<u>er</u>vous （緊張）

6 ☐ teach<u>er</u> （老師）

7 ☐ ent<u>er</u> （進入）

8 ☐ ret<u>ur</u>n （返回）

9 ☐ thi<u>r</u>teen （十三）

10 ☐ p<u>er</u>haps （也許）

答案1. 3. 4. 5. 8

2 玩玩看

左邊的拼圖上的音標弄亂了，請幫它們找到單字拼法正確的夥伴，重新將它們連在一起。

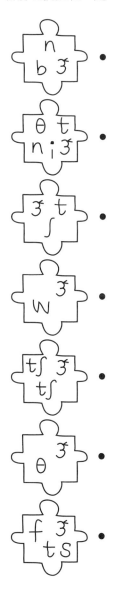

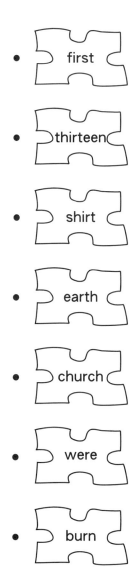

12 [ɚ] 的發音

老婆害喜了，
「噁噁噁」！

噁！

 怎麼發音呢

[ɚ]是個捲舌音，要發出[ɚ]這個音，首先要把舌頭向後捲，舌尖頂放在快到軟顎的地方，舌頭的位置壓低，下巴壓低，就可以發出一個完美的[ɚ]了。

CD

track
12

 邊聽邊練習單字跟句子的發音喔

＜大聲唸出單字喔＞

❶ layer ['leɚ] 層
❷ modern ['madɚn] 現代的
❸ outer ['autɚ] 外部的
❹ over ['ovɚ] 超過
❺ sister ['sɪstɚ] 妹妹
❻ finger ['fɪŋgɚ] 手指

＜大聲唸出句子喔＞

❶ The popular scholar sponsored the venture.
那位受歡迎的學者，贊助這次的冒險行動。

❷ The wizards gathered altogether.
巫師們通通聚在一起。

❸ The author is eager to go across the border.
那位作者很渴望穿過國界。

[ɚ]

 ## 比較[ɚ]跟[ɜ]的發音

[ɚ]和[ɜ]都是捲舌音，嘴形類似，發音不同的關鍵點在舌頭喔！[ɚ]的
舌頭後捲較少，所以聽起來捲舌音沒那麼重。請捲起舌頭試試看捲舌輕
重吧！

	[ɚ]			[ɜ]	
❶ inner	['ɪnɚ]	內部	her	[hɜ]	她
❷ effort	['ɛfɚt]	努力	hurt	[hɜt]	傷
❸ eastern	['istɚn]	東方	learn	[lɜn]	學習
❹ survey	[sɚ've]	調查	nervous	['nɜvəs]	緊張

 ## 玩玩嘴上體操

**The vigor shepherd wandered
in the wilderness.**
那位精神飽滿的牧羊人在荒野
中漫步。

10倍速音標記憶網——哪些字母或字母組合唸成[ɚ]

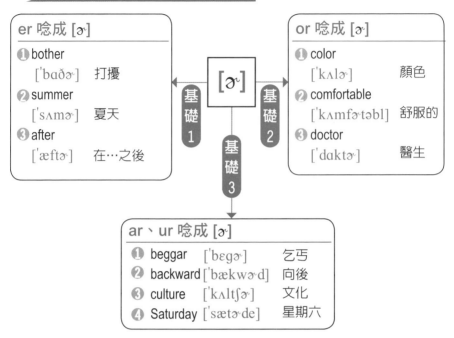

er 唸成 [ɚ]
1. bother
   ['bɑðɚ] 打擾
2. summer
   ['sʌmɚ] 夏天
3. after
   ['æftɚ] 在…之後

[ɚ]

基礎 1

基礎 2

基礎 3

or 唸成 [ɚ]
1. color
   ['kʌlɚ] 顏色
2. comfortable
   ['kʌmfɚtəbl] 舒服的
3. doctor
   ['dɑktɚ] 醫生

ar、ur 唸成 [ɚ]
1. beggar ['bɛgɚ] 乞丐
2. backward ['bækwɚd] 向後
3. culture ['kʌltʃɚ] 文化
4. Saturday ['sætɚde] 星期六

 1 唸唸看

請試著唸唸看題目的發音，再選出和題目發音相同的答案。

1 ___ f<u>ur</u> ①h<u>er</u> ②out<u>er</u> ③col<u>or</u>
2 ___ lay<u>er</u> ①h<u>ur</u>t ②s<u>ur</u>vey ③l<u>ear</u>n
3 ___ b<u>ir</u>d ①both<u>er</u> ②vig<u>or</u> ③s<u>er</u>ve
4 ___ inn<u>er</u> ①f<u>or</u> ②s<u>ir</u> ③bord<u>er</u>
5 ___ eff<u>ort</u> ①ov<u>er</u> ②n<u>ur</u>se ③p<u>ur</u>ple

答案 1.① 2.② 3.③ 4.③ 5.①

52

2 玩玩看

學過音標當然要知道自己到底記了多少，那麼就來看看左邊的音標，
它們各是那些單字呢？請填在右邊喔！

1.[ˈkʌlɚ]　□□□□□

2.[ˈistɚn]　□□□□□□□

3.[ˈsʌmɚ]　□□□□□□

4.[ˈkʌltʃ]　□□□□□□□

5.[ˈmʌðɚ]　□□□□□□

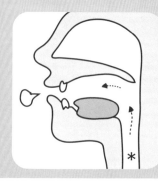

13 [ə] 的發音

「呃」！今天吃太飽了。

呃……

怎麼發音呢

[ə]的發音位置是所有母音最為放鬆的。因為它的嘴形微開，不大也不小。舌頭的位置在口腔中央，不高也不低，不前也不後。只要振動聲帶，就可以輕鬆發出[ə]的音囉！這也難怪[ə]通常出現在非重音的音節呢！

邊聽邊練習單字跟句子的發音喔

＜大聲唸出單字喔＞

❶ police [pəˈlis] 警察
❷ ago [əˈgo] 之前
❸ heaven [ˈhɛvən] 天堂

❹ us [əs] 我們
❺ offend [əˈfɛnd] 冒犯
❻ holiday [ˈhɑləˌde] 假日

＜大聲唸出句子喔＞

❶ The department store is about to open.
百貨公司就快要開門了。
❷ Both of us look at the composition above.
我們看著上面那篇文章。
❸ Seven plus eleven is eighteen.
七加十一等於十八。

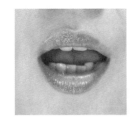

[ə]

比較[ə]跟[æ]的發音

[ə]和[æ]像是鬆弛和緊繃的皮球,發音力道完全相反。[ə]的發音位置最放鬆,像不經意得打了個嗝,而[æ]最用力,像刻意學鴨子叫一樣,用力得拉開嘴壓低舌頭。

CD

track
13

[ə]			[æ]		
❶ across	[əˈkrɔs]	穿越	actor	[ˈæktɚ]	演員
❷ polite	[pəˈlaɪt]	禮貌	palace	[ˈpælɪs]	皇宮
❸ apologize	[əˈpɑləˌdʒaɪz]	道歉	apple	[ˈæpl]	蘋果

玩玩嘴上體操

Sicken chicken in the kitchen has taken the medicine.
廚房裡那隻得病的雞已經吃了藥了。

10倍速音標記憶網——哪些字母或字母組合唸成 [ə]

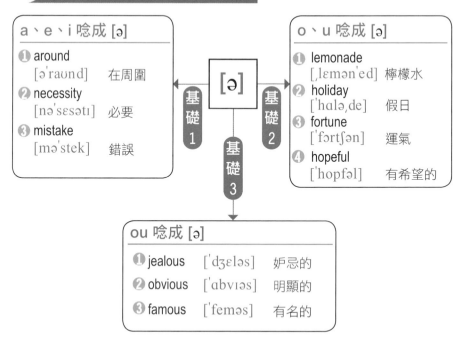

a、e、i 唸成 [ə]

1. around
   [əˈraʊnd]　在周圍
2. necessity
   [nəˈsɛsətɪ]　必要
3. mistake
   [məˈstek]　錯誤

[ə]

基礎 1

基礎 2

基礎 3

o、u 唸成 [ə]

1. lemonade
   [ˌlɛmənˈed]　檸檬水
2. holiday
   [ˈhɑləˌde]　假日
3. fortune
   [ˈfɔrtʃən]　運氣
4. hopeful
   [ˈhopfəl]　有希望的

ou 唸成 [ə]

1. jealous　[ˈdʒɛləs]　妒忌的
2. obvious　[ˈɑbvɪəs]　明顯的
3. famous　[ˈfeməs]　有名的

 1 唸唸看

唸唸看，劃線部份如果兩個單字發音相同就打勾。

1 ☐ again / across
（再次 / 越過）

2 ☐ us / up
（我們 / 上）

3 ☐ focus / excuse
（專注 / 藉口）

4 ☐ sadness / careless
（傷心 / 不小心）

5 ☐ different / moment
（不同的 / 時刻）

6 ☐ position / possible
（位置 / 可能的）

7 ☐ important / restaurant
（重要的 / 餐廳）

8 ☐ telephone / television
（電話 / 電視）

答案 1. 5. 7. 8

2 玩玩看

學過音標當然要知道自己到底記了多少，那麼就來看看左邊的音標，它們各是那些單字呢？請填在右邊喔！

1.[ˈdʒɛləs] □□□□□□□

2.[məˈstek] □□□□□□

3.[lɛmənˈed] □□□□□□□□

4.[pəˈlɑɪt] □□□□□□

5.[təˈde] □□□□□

14 [ʌ] 的發音

「啊！」錢包不見了！

啊！

 怎麼發音呢

[ʌ]與[ə]的發音位置相當接近，舌頭同樣放在口腔中央，跟[ə]差不多低。跟[ə]不同的地方是，[ʌ]比較常出現在重音音節。

 邊聽邊練習單字跟句子的發音喔

＜大聲唸出單字喔＞

❶ cut 　[kʌt] 　剪
❷ duck 　[dʌk] 　鴨子
❸ lucky 　[ˈlʌkɪ] 　幸運的

❹ fun 　[fʌn] 　有趣的
❺ button 　[ˈbʌtn] 　按鈕
❻ under 　[ˈʌndɚ] 　在…之下

＜大聲唸出句子喔＞

❶ The runner won with luck.
短跑選手很幸運地贏了比賽。

❷ The hungry hunter ate the duck.
飢腸轆轆的獵人吃了鴨子。

❸ A bug sunk in the cup.
有隻蟲沉進杯中。

[ʌ]

比較 [ʌ] 跟 [ɑ] 的發音

[ʌ] 比較含蓄，嘴形較小，發音位置較輕鬆不刻意，送氣方式也比較短促。[ɑ] 十分的外放，把嘴巴張到最大，舌頭位置是所有母音最低，再完全送氣發出聲音。

CD

track
14

	[ʌ]			[ɑ]	
❶ but	[bʌt]	但是	bomb	[bɑm]	炸彈
❷ hug	[hʌg]	擁抱	hop	[hɑp]	跳躍
❸ nut	[nʌt]	堅果	not	[nɑt]	不是
❹ mother	[ˈmʌðɚ]	母親	father	[ˈfɑðɚ]	父親

玩玩嘴上體操

Big bog bugs love thick long logs.
大沼澤蟲喜歡又粗又長的木頭。

10倍速音標記憶網——哪些字母或字母組合唸成[ʌ]

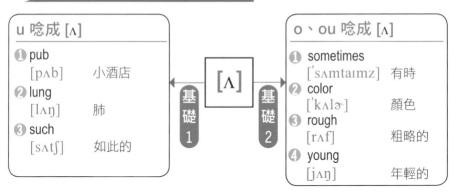

u 唸成 [ʌ]

❶ pub
   [pʌb]　小酒店
❷ lung
   [lʌŋ]　肺
❸ such
   [sʌtʃ]　如此的

[ʌ]

基礎 1

基礎 2

o、ou 唸成 [ʌ]

❶ sometimes
   [ˈsʌmtaɪmz]　有時
❷ color
   [ˈkʌlɚ]　顏色
❸ rough
   [rʌf]　粗略的
❹ young
   [jʌŋ]　年輕的

1 唸唸看

唸唸看,將劃線部份發音不同的圈出來。

1 f<u>u</u>n r<u>u</u>n g<u>u</u>m s<u>u</u>n t<u>u</u>rn

2 l<u>o</u>ve gl<u>o</u>ve cl<u>o</u>ck w<u>o</u>n c<u>o</u>me

3 m<u>o</u>ney m<u>o</u>nkey m<u>o</u>ment m<u>o</u>ther M<u>o</u>nday

4 m<u>ou</u>th t<u>ou</u>ch d<u>ou</u>ble c<u>ou</u>sin en<u>ou</u>gh

5 f<u>u</u>ture h<u>u</u>ndred n<u>u</u>mber p<u>u</u>blic l<u>u</u>nch

答案1.turn 2.clock 3.moment 4.mouth 5.future

縱橫字謎：請根據音標以及箭頭的位置，將單字直向或橫向填入空格裡，完成下圖。

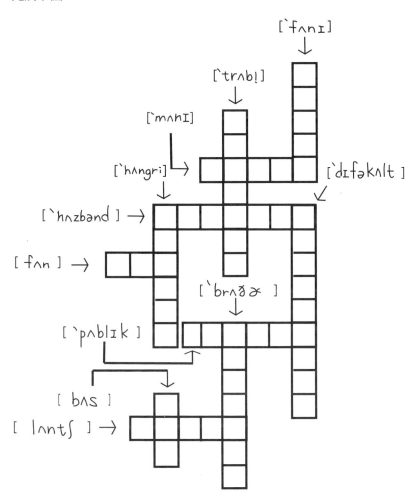

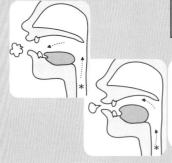

15 [aɪ] 的發音

我「愛」妳的
「愛」啦！

 怎麼發音呢

看看[aɪ]的形狀，是不是很像[a]和[ɪ]的合體呢？沒錯，發音時也是這兩個母音的合體喔！首先先發[a]的音，接著慢慢帶出緊接在後的[ɪ]，一個都不能漏。聽起來像中文的ㄞ就成功了！

 邊聽邊練習單字跟句子的發音喔

＜大聲唸出單字喔＞

❶ ice   [aɪs]   冰
❷ sky   [skaɪ]   天空
❸ right   [raɪt]   右邊
❹ decide   [dɪˈsaɪd]   決定
❺ night   [naɪt]   晚上
❻ behind   [bɪˈhaɪnd]   後面

＜大聲唸出句子喔＞

❶ The light is right behind you.
                 燈就在你後面。

❷ Butterflies fly in the sky.
                 蝴蝶在天上飛。

❸ The child cried all night.
                 那個孩子整晚哭鬧。

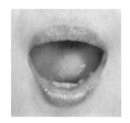
[ɑ]

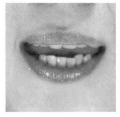
[ɪ]

 比較 [aɪ] 跟 [ɑ] 的發音

[aɪ] 和 [ɑ] 裡面都有 [ɑ]，但是雙母音 [aɪ] 中的 [ɑ] 因為被 [ɪ] 給同化了，發音的位置比原本的 [ɑ] 低，所以在發 [aɪ] 時要把舌頭壓得比較低，讓嘴形也變得比較扁喔。

CD

track
15

	[aɪ]			[ɑ]	
❶ night	[naɪt]	晚上	not	[nɑt]	不是
❷ fire	[faɪr]	火	far	[fɑr]	遠的
❸ guide	[gaɪd]	導引	God	[gɑd]	神
❹ ice	[aɪs]	冰	ox	[ɑks]	牛

 玩玩嘴上體操

I like the nice idea Mike provided.
我喜歡麥克提出的那個不錯的點子。

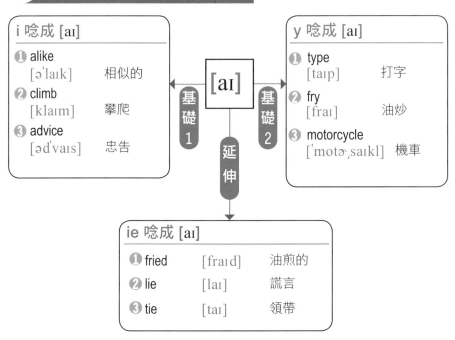

i 唸成 [aɪ]

❶ alike
　[əˈlaɪk]　相似的
❷ climb
　[klaɪm]　攀爬
❸ advice
　[ədˈvaɪs]　忠告

[aɪ]

基礎1　基礎2　延伸

y 唸成 [aɪ]

❶ type
　[taɪp]　打字
❷ fry
　[fraɪ]　油炒
❸ motorcycle
　[ˈmotəˌsaɪkl]　機車

ie 唸成 [aɪ]

❶ fried　　[fraɪd]　油煎的
❷ lie　　　[laɪ]　謊言
❸ tie　　　[taɪ]　領帶

 1 選選看

請將下列包含了母音發音[aɪ]的單字勾起來：

☐slide　☐slow　　☐lead　　☐see
☐fly　　☐six　　　☐glide　☐polite
☐flag　☐bright　☐right　☐brand
☐cat　　☐kite　　☐stamp　☐fight
☐pile　☐stop　　☐buy　　☐thank
☐light　☐bank　　☐my　　☐die

答案slide, fly, glide, polite, bright, right, kite, fight, pile,
　　　buy, light, my, die

MEMO

16 [aʊ] 的發音

腳去踢到桌腳
了，痛死了！
「阿嗚」！

阿嗚！

 怎麼發音呢

CD
track
16

[aʊ]是由[a]和[ʊ]所組成的雙母音，所以，在發這個音時，要先張大嘴巴，發出[a]的音，再馬上把嘴巴縮小，發出[ʊ]的音，這樣把兩個母音依序發音，就是[aʊ]的正確發音啦！聽起來有點像踢到桌腳發出的哀嚎聲「阿嗚」喔！

 邊聽邊練習單字跟句子的發音喔

＜大聲唸出單字喔＞

❶ out   [aʊt]   外面
❷ cloud   [klaʊd]   雲
❸ mouth   [maʊθ]   嘴巴
❹ owl   [aʊl]   貓頭鷹
❺ now   [naʊ]   現在
❻ however   [haʊˈɛvɚ]   然而

＜大聲唸出句子喔＞

❶ I found owls outside the house.
我發現屋子外面有貓頭鷹。

❷ Don't shout at our cow.
不要對我們的牛大叫。

❸ I doubt the tower is in the town.
我懷疑那座塔在城裡。

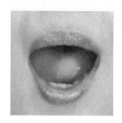 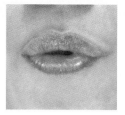

[a]   [ʊ]

 ## 比較[aʊ]跟[ɔ]的發音

[aʊ]和[ɔ]看起來好像完全不同，但當[a]後面加上[ʊ]後，發音變得跟[ɔ]有點類似了，兩者雖然發音相似，但[aʊ]在尾音時嘴巴要向內縮，不像[ɔ]是一直都是微微張開的喔。

CD

track
16

	[aʊ]				[ɔ]	
❶ cow	[kaʊ]	牛		cause	['kɔz]	原因
❷ south	[saʊθ]	南方		sauce	[sɔs]	醬料
❸ loud	[laʊd]	大聲		law	[lɔ]	法律
❹ found	[faʊnd]	找到		fault	[fɔlt]	錯

 ## 玩玩嘴上體操

How about going out now?
不如現在出去如何？

67

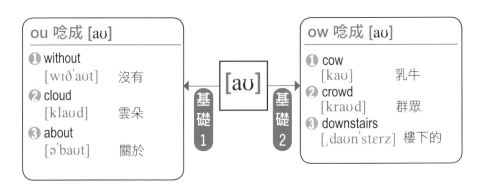

ou 唸成 [aʊ]

❶ without
[wɪðˈaʊt]　　沒有
❷ cloud
[klaʊd]　　雲朵
❸ about
[əˈbaʊt]　　關於

[aʊ]

基礎 1

基礎 2

ow 唸成 [aʊ]

❶ cow
[kaʊ]　　乳牛
❷ crowd
[kraʊd]　　群眾
❸ downstairs
[ˌdaʊnˈstɛrz]　樓下的

1 選選看

請選出跟題目單字母音畫底線處發音相同的單字：

1 ( ) b<u>a</u>ll　　①c<u>a</u>ll　　②b<u>oy</u>　　③b<u>ow</u>　　④b<u>oa</u>t
2 ( ) m<u>ou</u>se　①m<u>o</u>ther　②m<u>igh</u>t　③m<u>ou</u>th　④m<u>o</u>de
3 ( ) cl<u>ou</u>d　①c<u>o</u>ld　　②pr<u>ou</u>d　③f<u>o</u>ld　　④c<u>oa</u>t
4 ( ) t<u>ow</u>el　①h<u>ou</u>se　②l<u>i</u>fe　　③s<u>ee</u>　　④t<u>a</u>ll
5 ( ) b<u>ou</u>t　①b<u>i</u>t　　②b<u>oa</u>t　③b<u>u</u>t　　④l<u>ou</u>d

答案 1.① 2.③ 3.② 4.① 5.④

68

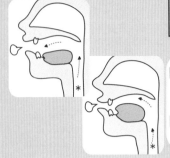

17 [ɔɪ] 的發音

嘴巴像含著一個蛋，發出救護車的聲音「喔乙喔乙喔乙」。

 怎麼發音呢

[ɔɪ]這個音是由[ɔ][ɪ]組成的雙母音，發音時嘴巴要先嘟成圓形，發出[ɔ]的音，再把嘴巴慢慢拉開，嘴形變成又細又長，發出[ɪ]這個音。兩個音連在一起有點像救護車出動時，發出「喔乙～喔乙～」的聲音喔！

 邊聽邊練習單字跟句子的發音喔

＜大聲唸出單字喔＞

❶ boy	[bɔɪ]	男孩		❹ coin	[kɔɪn]	硬幣
❷ oil	[ɔɪl]	油		❺ noisy	[ˈnɔɪzɪ]	吵鬧
❸ toy	[tɔɪ]	玩具		❻ avoid	[əˈvɔɪd]	避免

＜大聲唸出句子喔＞

❶ The boy's voice is noisy.
男孩的聲音很吵。

❷ The poet wrote a poem.
詩人寫了首詩。

❸ The soy beans are poisoned.
黃豆被下毒了。

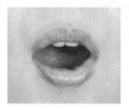 [ɔ]

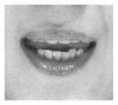 [ɪ]

 ## 比較[ɔɪ]跟[o]的發音

[ɔɪ]是由兩個短母音所組成的雙母音,兩個母音拼在一起,所以聽起來
更是短促,我們看看[ɔɪ]和長母音[o]比起來,發音有多短促!

CD

track 17

	[ɔɪ]			[o]	
❶ oil	[ɔɪl]	油	old	[old]	老
❷ soil	[sɔɪl]	土	sold	[sold]	賣出
❸ joy	[dʒɔɪ]	喜悅	Joe	[dʒo]	喬
❹ toy	[tɔɪ]	玩具	told	[told]	說

 ## 玩玩嘴上體操

Joy joined the royal army to show his loyalty.
喬伊參加了皇家軍隊來展示他的忠心。

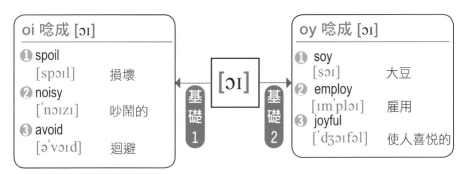

oi 唸成 [ɔɪ]

1. spoil
   [spɔɪl]　　損壞
2. noisy
   [ˈnɔɪzɪ]　　吵鬧的
3. avoid
   [əˈvɔɪd]　　迴避

[ɔɪ]

基礎 1

基礎 2

oy 唸成 [ɔɪ]

1. soy
   [sɔɪ]　　大豆
2. employ
   [ɪmˈplɔɪ]　　雇用
3. joyful
   [ˈdʒɔɪfəl]　　使人喜悦的

CD

track
17

1 聽聽看

聽聽看CD，選出你聽到的發音：

1 (　　　) ①voice　②vow
2 (　　　) ①fold　②fill
3 (　　　) ①moist　②most
4 (　　　) ①guide　②good
5 (　　　) ①go　②gold

答案 1.① 2.② 3.① 4.① 5.②

子音

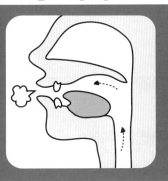

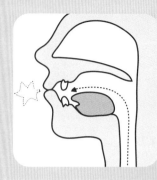

1 [p] 的發音

緊閉的雙唇，一口氣放開，好像發出有氣無聲的「ㄆ」音來。

 怎麼發音呢

要發出[p]的音，首先將上下唇閉緊，讓氣流留在口腔裡一會兒，才將上下唇放開，這時候不要振動聲帶，讓氣流衝出來，與上下唇產生摩擦，這樣發出來的音就是[p]囉！跟注音符號「ㄆ」的發音是不是很像呢？

CD
— track 18

 邊聽邊練習單字跟句子的發音喔

< 大聲唸出單字喔 >

❶ pen　　[pɛn]　　筆
❷ pray　　[pre]　　祈禱
❸ replay　[reple]　重複播放
❹ important [ɪm'pɔrtnt] 重要的
❺ stop　　[stɑp]　停止
❻ hope　　[hop]　希望

< 大聲唸出句子喔 >

❶ Paris is a perfect place.
　　　　　巴黎是個完美的地方。

❷ The painter stops painting.
　　　　　那位畫家停止作畫。

❸ My parents complain about my pet.
　　　　　我的父母對我的寵物有所抱怨。

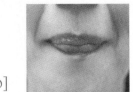

[p]

 ## 比較 [p] 跟 [b] 的發音

[p]和[b]都是用氣流擦過雙唇來發音,所以又叫爆裂音,不同點是[p]不用振動聲帶,就像是用氣音說話一樣,是個無聲子音,而[b]需要振動聲帶,是有聲子音。

CD

track
18

	[p]				[b]	
❶ park	[park]	公園		bark	[bark]	吠叫
❷ mop	[map]	拖地		mob	[mab]	暴民
❸ pop	[pap]	流行樂		Bob	[bab]	包柏(人名)
❹ pass	[pæs]	通過		bass	[bes]	低音

 ## 玩玩嘴上體操

**Peter Piper picked a
pack of pickled peppers.**
彼德派普挑了一包醃辣椒。

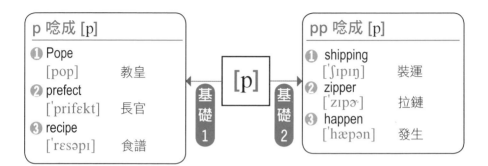

1 聽聽看

聽聽看,將聽到的單字按照正確的順序寫出來。

				①	②	③
1	sport	bored	port	①____	②____	③____
2	speak	beak	peak	①____	②____	③____
3	spend	bend	pen	①____	②____	③____
4	spare	bare	pair	①____	②____	③____
5	spark	bark	park	①____	②____	③____

答案 1.port; bored; sport 2.speak; beak; peak 3.pen; spend; bend
4.bare; pair; spare 5.park; bark; spark

解碼藏密筒：把左邊排列組合不正確的單字，按照右邊的音標拼出正確的單字。

pehapn →

[ˈhæpən]

elpeop →

[ˈpipl]

paple →

[ˈæpl]

seaple →

[pliz]

apper →

[ˈpepɚ]

grinps →

[sprɪŋ]

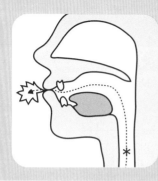

2 [b] 的發音

緊閉的雙唇，一口氣放開，好像發出「ㄅ」音來。

 怎麼發音呢

[b]的音跟[p]的發音方式很類似，同樣讓氣流留在口腔裡，再放開上下唇。但是不同的是，在氣流衝出來的同時要記得振動聲帶。一邊發[b]的音，一邊摸摸脖子上的聲帶，要有細微的振動才是[b]喔！

CD
___
track
19

 邊聽邊練習單字跟句子的發音喔

<大聲唸出單字喔>

❶ bee	[bi]	蜜蜂	❹ cab	[kæb]	計程車
❷ bank	[bæŋk]	銀行	❺ lobby	[ˈlɑbɪ]	大廳
❸ book	[bʊk]	書	❻ obey	[əˈbe]	遵守

<大聲唸出句子喔>

❶ Blue brook is beautiful.
　　　　　　藍色的小溪很美。

❷ The cab bumped into the bank.
　　　　　　計程車撞進銀行裡。

❸ My brother ate bread for breakfast.
　　　　　　我的哥哥吃麵包當早餐。

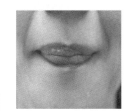

[b]

比較[b]跟[p]的發音

[p]和[b]不同點是：[p]不用振動聲帶，就像是用氣音說話一樣，而[b]是有聲子音需要振動聲帶。請摸著喉嚨感受一下聲帶振動的感覺吧。

CD

track
19

	[b]				[p]		
❶	bill	[bɪl]	帳單		pill	[pɪl]	藥丸
❷	bat	[bæt]	蝙蝠		pat	[pæt]	輕拍
❸	bay	[be]	海灣		pay	[pe]	付帳
❹	cab	[kæb]	計程車		cap	[kæp]	棒球帽

玩玩嘴上體操

**Betty Botter had some butter,
"But," she said, "this butter's bitter."**

貝蒂巴特有些奶油，
她說「但是這些奶油是苦的」。

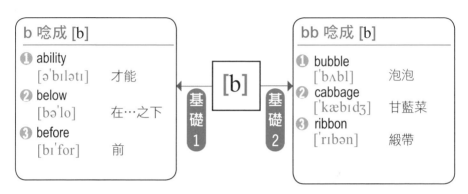

10倍速音標記憶網——哪些字母或字母組合唸成[b]

b 唸成 [b]

1. ability
   [ə'bɪlətɪ]　才能
2. below
   [bə'lo]　在…之下
3. before
   [bɪ'for]　前

[b]

基礎 1

基礎 2

bb 唸成 [b]

1. bubble
   ['bʌbl]　泡泡
2. cabbage
   ['kæbɪdʒ]　甘藍菜
3. ribbon
   ['rɪbən]　緞帶

CD

track
19

1 聽聽看

改錯練習。下面的單字有些拼錯了，請在聽過CD後，在正確的單字後面空格打O。在錯的單字後面的空格打X，並填上正確的單字。

1. public（公立的）　→___ _____
2. sbread （分布）　→___ _____
3. break（破壞）　→___ _____
4. bort （港口）　→___ _____
5. climb（攀爬）　→___ _____

6. table （桌子）　→___ _____
7. blay （遊戲）　→___ _____
8. sblash（飛濺）　→___ _____
9. bath （洗澡）　→___ _____
10. cab （計程車）　→___ _____

答案1.O public; 2.X spread; 3.O break; 4.X port; 5.O climb;
6.O table; 7. X play; 8. X splash; 9.O bath; 10.X cap

80

2 玩玩看

每個題目中圓圈上下兩個一組，只有其中一個可以與後面的字母組成
單字，請找出正確的單字。（提示：每個單字都有[b]的發音喔！）

例

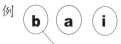

(b) (a) (i)

(p) (e) (e)   <u>b</u> <u>e</u> <u>e</u> [bi]

1. (h) (a) (b)

   (j) (o) (k)   ___ ___ ___ [dʒɑb]

2. (b) (i) (y)

   (p) (u) (z)   ___ ___ ___[baɪ]

3. (b) (l) (a) (e) (k)

   (p) (r) (e) (a) (p) ___ ___ ___ ___ ___ [brek]

4. (t) (x) (b) (i) (e)

   (s) (a) (p) (i) (c) ___ ___ ___ ___ ___ [ˈtebl]

81

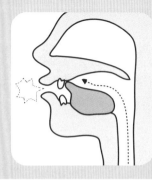

3 [t] 的發音

特快車，跑得好快，
發出有氣無聲的「特
特特」音來！

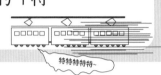

特特特特~

 怎麼發音呢

首先將舌頭前端抵在上排齒齦後面，讓氣流留在口腔裡一會兒，接著
放開舌頭，讓氣流從舌頭前端與齒齦後面的空隙衝出來，發這個音不
要振動聲帶，類似無聲版的「ㄊ」，就是[t]的發音囉！

CD

track
20

 邊聽邊練習單字跟句子的發音喔

＜大聲唸出單字喔＞

❶ cat   [kæt]   貓   ❹ take   [tek]   拿
❷ let   [lɛt]   讓   ❺ today   [təˈde]   今天
❸ count   [kaʊnt]   數   ❻ letter   [ˈlɛtɚ]   信

＜大聲唸出句子喔＞

❶ Taxi!

計程車！

❷ Turn left.

左轉。

❸ Let the vet take care of the turtle.

讓獸醫來照顧烏龜。

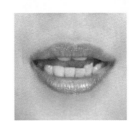

[t]

 比較[t]跟[d]的發音

[t]和[d]都是舌尖頂在上排牙齦的爆裂音,不同點是[t]是無聲子音,不需振動聲帶,像是用氣音說話一樣,而[d]是有聲子音,需要振動聲帶才能發音。

CD

track 20

	[t]			[d]	
❶ tall	[tɔl]	高	doll	[dɔl]	娃娃
❷ tip	[tɪp]	秘訣	dip	[dɪp]	浸泡
❸ tat	[tæt]	小孩	dad	[dæd]	父親
❹ letter	[ˈlɛtɚ]	信	ladder	[ˈlæbɚ]	梯子

 玩玩嘴上體操

Kit spit a pit from a tidbit he bit.
基特從他咬過的美味食物中吐出了一個果核。

83

10倍速音標記憶網——**哪些字母或字母組合唸成[t]**

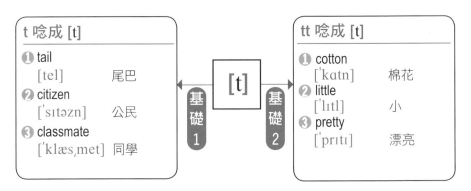

t 唸成 [t]

1 tail
   [tel]　　　尾巴
2 citizen
   [ˈsɪtəzn]　公民
3 classmate
   [ˈklæsˌmet]　同學

[t]

基礎 1

基礎 2

tt 唸成 [t]

1 cotton
   [ˈkɑtn]　　棉花
2 little
   [ˈlɪtl]　　小
3 pretty
   [ˈprɪtɪ]　　漂亮

CD

track 20

 1 聽聽看

聽聽看，根據你聽到的單字，在空格內填入 "t" 或 "d"。

1 ☐o☐ay
　（今天）

2 ☐ra☐e
　（交易）

3 ☐rea☐
　（對待）

4 ☐ues☐ay
　（星期二）

5 s☐ay
　（停留）

6 ☐icke☐
　（入場券）

7 ☐en☐
　（傾向）

8 s☐eal
　（偷竊）

9 ☐as☐e
　（嚐）

10 ☐en☐
　（帳棚）

答案 1.today　2.trade
　3.treat　4.Tuesday
　5.stay　6.ticket
　7.tend　8.steal
　9.taste　10.tent

84

請看看左邊的音標，它們各是那些單字呢？請填入空格中。

1.[ˈlɪtl]

2.[lɛft]

3.[tek]

4.[stɑp]

5.[let]

4 [d] 的發音

道路工程人員，拿著電鑽挖道路，發出有氣有聲的「的的的」音來！

的的的！

 怎麼發音呢

[d]的發音位置與[t]相當類似，同樣將舌頭前端抵住上牙齦後面，再將舌頭放開，一次讓氣流通過空隙衝出來。不同的地方是，[d]要振動聲帶，摸摸看自己脖子上的聲帶位置，看看有沒有細微的振動喔！

CD

track 21

 邊聽邊練習單字跟句子的發音喔

＜大聲唸出單字喔＞

❶ did   [dɪd]   做（do的過去式）
❷ desk   [dɛsk]   書桌
❸ dead   [dɛd]   死亡
❹ mad   [mæd]   生氣
❺ cold   [kold]   寒冷
❻ window   [ˈwɪndo]   窗戶

＜大聲唸出句子喔＞

❶ Dad is sad.
爸爸很難過。

❷ Today is windy.
今天起風了。

❸ Dinner is ready.
晚餐做好了。

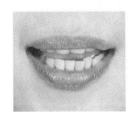

[d]

 比較[d]跟[t]的發音

[d]和[t]的不同點是：[t]不需振動聲帶，像是用氣音說話一樣，而[d]需要振動聲帶，和平常說話時一樣。請摸著喉嚨比較看看聲帶有無振動的感覺吧！

CD

**track
21**

	[d]			[t]	
❶ god	[gɑd]	神	got	[gɑt]	得到
❷ dig	[dɪg]	挖掘	tip	[tɪp]	秘訣
❸ mad	[mæd]	生氣	mat	[mæt]	草蓆
❹ do	[du]	做	to	[tu]	到…

 玩玩嘴上體操

**Did David's daughter
dream to be a dancer?**
大衛的女兒是否夢想過要當個
舞者？

87

10倍速音標記憶網──哪些字母或字母組合唸成[d]

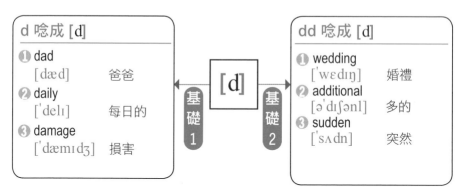

d 唸成 [d]

❶ dad
　[dæd]　　　爸爸
❷ daily
　[ˈdelɪ]　　　每日的
❸ damage
　[ˈdæmɪdʒ]　損害

[d]

基礎1　基礎2

dd 唸成 [d]

❶ wedding
　[ˈwɛdɪŋ]　　婚禮
❷ additional
　[əˈdɪʃənl]　　多的
❸ sudden
　[ˈsʌdn]　　　突然

CD
___

track
21

 1 聽聽看

聽聽看，下列單字的動詞過去式(劃線部份)該發什麼音? 先跟著唸一次，
再將答案填到對應的空格裡。

wash<u>ed</u>	stay<u>ed</u>	kiss<u>ed</u>	hugg<u>ed</u>	sign<u>ed</u>	describ<u>ed</u>
dance<u>d</u>	complain<u>ed</u>	organiz<u>ed</u>	preferr<u>ed</u>	mopp<u>ed</u>	
fill<u>ed</u>	watch<u>ed</u>	welcom<u>ed</u>	kick<u>ed</u>	cri<u>ed</u>	liv<u>ed</u>

[t]	
[d]	

答案[t] washed; kissed; danced; mopped; watched; kicked
　　[d]stayed; hugged; signed; described; complained; organized; preferred;
　　　filled; welcomed; cried; lived

2 玩玩看

學過音標當然要知道自己到底記了多少，那麼就來看看左邊的音標，
它們各是那些單字呢？

1.[dæd] ▯▯▯

2.['dæmɪdʒ] ▯▯▯▯▯

3.[gold] ▯▯▯▯

4.[ə'dɪʃən] ▯▯▯▯▯▯▯▯

5.['sʌdn] ▯▯▯▯▯▯

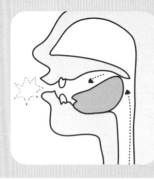

5 [k] 的發音

「渴」啊「渴」啊！
誰來給我一點水啊！

 怎麼發音呢

CD
___
track
22

先將舌頭後面往上提，抵住軟顎，先擋住氣流一會兒，再將舌頭放開，使氣流通過舌頭後面與軟顎中間的空隙衝出來，這時候不要振動聲帶，很類似中文的「ㄎ」，但是無聲的喔！

 邊聽邊練習單字跟句子的發音喔

＜大聲唸出單字喔＞

❶ key　　[ki]　　鑰匙
❷ kid　　[kɪd]　　孩子
❸ kick　　[kɪk]　　踢

❹ case　　[kes]　　案件
❺ cook　　[kʊk]　　烹飪
❻ desk　　[dɛsk]　　書桌

＜大聲唸出句子喔＞

❶ Just kidding.
　　　　　　開玩笑的啦。
❷ Kids like jokes.
　　　　　　小孩愛聽笑話。
❸ Keep working all night.
　　　　　　徹夜工作吧。

[k]

 ## 比較[k]跟[g]的發音

[k]和[g]都是舌根頂在軟顎所發出的爆裂音，不同點是[k]是無聲子音，不需振動聲帶，像是用氣音說出注音的ㄎ，而[g]是有聲子音，需振動聲帶，發音類似注音ㄍ。

CD

track
22

[k]		
❶ picky	[ˈpɪkɪ]	挑剔
❷ kept	[kɛpt]	保持
❸ kick	[kɪk]	踢
❹ clue	[klu]	線索

[g]		
piggy	[ˈpɪgɪ]	小豬
get	[gɛt]	得到
gig	[gɪg]	輕便馬車
glue	[glu]	膠水

 ## 玩玩嘴上體操

Clean clams were crammed in clean cans.
乾淨的蚌被塞在乾淨的罐頭裡。

10倍速音標記憶網——哪些字母或字母組合唸成[k]

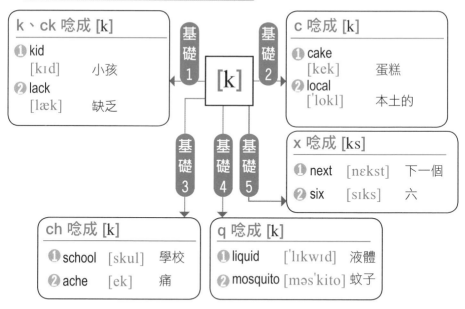

| k、ck 唸成 [k] |
| 1 kid |
| [kɪd]　　小孩 |
| 2 lack |
| [læk]　　缺乏 |

| c 唸成 [k] |
| 1 cake |
| [kek]　　蛋糕 |
| 2 local |
| [ˈlokl]　　本土的 |

基礎 1　基礎 2

[k]

基礎 3　基礎 4　基礎 5

| x 唸成 [ks] |
| 1 next　[nɛkst]　下一個 |
| 2 six　[sɪks]　六 |

| ch 唸成 [k] |
| 1 school　[skul]　學校 |
| 2 ache　[ek]　痛 |

| q 唸成 [k] |
| 1 liquid　[ˈlɪkwɪd]　液體 |
| 2 mosquito　[məsˈkito] 蚊子 |

 1 填填看

先試著唸以下的單字，再把該字的音標寫下來：

1 click 　　: [　　　　] （點閱）

2 kid 　　: [　　　　] （孩子）

3 key 　　: [　　　　] （鑰匙）

4 kiwi 　　: [　　　　] （奇異果）

5 luck 　　: [　　　　] （運氣）

6 sock 　　: [　　　　] （襪子）

7 clerk 　　: [　　　　] （店員）

答案1.[klɪk] 2.[kɪd] 3.[ki] 4.[ˈkɪwɪ] 5.[lʌk] 6.[sɑk] 7.[klɝk]

小火車接龍：每一輛火車的字母跟後一輛火車的第一個字母是要一樣的！找出這些字並填上去，這樣小火車才會重新連結起來。

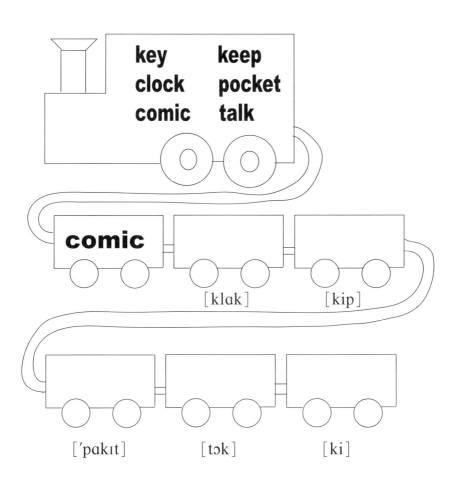

key　　keep
clock　pocket
comic　talk

comic　　　[klɑk]　　[kip]

[ˈpɑkɪt]　　[tɔk]　　[ki]

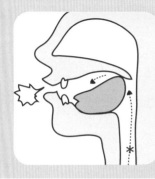

6 [g] 的發音

「咯咯咯」小雞快
來吃米喔！

咯咯咯！

 怎麼發音呢

[g]的發音位置跟[k]很相近。首先同樣將舌頭後面抵住軟顎，再將舌頭放下，讓氣流沿著空隙衝出，同時記得振動聲帶，發出的音就是[g]囉！

CD

track
23

 邊聽邊練習單字跟句子的發音喔

＜大聲唸出單字喔＞

❶ girl　　[gɝl]　　女孩
❷ gaze　　[gez]　　凝望
❸ gift　　[gɪft]　　禮物
❹ leg　　[lɛg]　　腿
❺ hug　　[hʌg]　　擁抱
❻ finger　　[ˈfɪŋgɚ]　　手指

＜大聲唸出句子喔＞

❶ Maggie ate an egg.
　　　　　　　梅琪吃了一顆蛋。
❷ God gave the girl a gift.
　　　　　　　上帝給了女孩一個天賦。
❸ The greedy goat got a bug.
　　　　　　　貪心的山羊只得到一隻蟲。

94

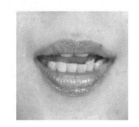

[g]

比較[g]跟[k]的發音

[g]和[k]的不同點是：[k]是無聲子音，不需振動聲帶，像是用氣音説出注音的ㄎ，而[g]是有聲子音，需振動聲帶，發音類似注音ㄍ。請比較看看無聲和有聲的不同。

CD

track 23

	[g]			[k]	
❶ go	[go]	去	call	[kɔl]	打電話
❷ get	[gɛt]	得到	cat	[kæt]	貓
❸ glass	[glæs]	玻璃	class	[klæs]	班級
❹ bag	[bæg]	袋子	back	[bæk]	後面

玩玩嘴上體操

The great Greek grape growers grow great Greek grapes.

偉大的希臘葡萄農夫，種植出巨大的希臘葡萄。

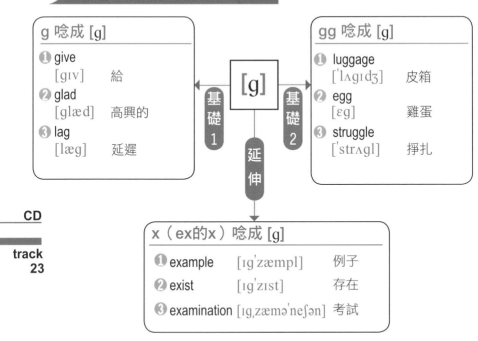

g 唸成 [g]

❶ give
　　[gɪv]　　給
❷ glad
　　[glæd]　高興的
❸ lag
　　[læg]　　延遲

[g]

基礎1

gg 唸成 [g]

❶ luggage
　　[ˈlʌgɪdʒ]　皮箱
❷ egg
　　[ɛg]　　雞蛋
❸ struggle
　　[ˈstrʌgl]　掙扎

基礎2

延伸

x（ex的x）唸成 [g]

❶ example　　[ɪgˈzæmpl]　　例子
❷ exist　　　[ɪgˈzɪst]　　　存在
❸ examination [ɪgˌzæməˈneʃən] 考試

CD
────
track
23

1 聽聽看

第一遍邊聽邊跟著唸，第二遍請選出聽到的單字，然後在方格內打勾。

1 ☐ gap （缺口）　　☐ cap （棒球帽）
2 ☐ leg （腳）　　　☐ lap （大腿）
3 ☐ gain （得到）　☐ can （可以）
4 ☐ grape （葡萄）　☐ clay （黏土）
5 ☐ garden （花園）☐ harden （變硬）
6 ☐ goal （目標）　☐ call （呼叫）
7 ☐ game （遊戲）　☐ camp （露營）

答案 1. gap 2. lap 3. can 4. grape 5. garden 6.call 7. game

2 玩玩看

下圖藏了四隻動物，請找出牠們並把牠們的名字寫在下面的空格裡。

1 [fɪʃ] ☐☐☐☐

2 [bɝd] ☐☐☐☐

3 [taɪgɚ] ☐☐☐☐☐

4 [ˈɪgl] ☐☐☐☐☐☐

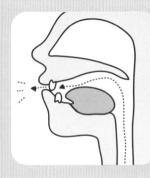

7 [f]的發音

好舒服的泡澡
喔！「福～」！

 怎麼發音呢

要發出[f]的音，首先要先將上排牙齒放在下唇上，接著留下一條細微的空隙，當氣流沿著這條空隙流出來時，會與牙齒和嘴唇產生摩擦，這時不要振動聲帶，來發出[f]音。想想看中文的「ㄈ」牙齒怎麼放就知道囉！

 邊聽邊練習單字跟句子的發音喔

＜大聲唸出單字喔＞

❶ fee   [fi]   費用
❷ fix   [fɪks]   修理
❸ five   [faɪv]   五

❹ leaf   [lif]   葉子
❺ knife   [naɪf]   刀子
❻ afraid   [əˈfred]   害怕

＜大聲唸出句子喔＞

❶ Don't feed the fish.
　　　　　　　不要餵魚！

❷ My father found it funny.
　　　　　　　爸爸覺得那很有趣。

❸ Let's talk face to face.
　　　　　　　我們來面對面地談。

[f]

 比較[f]跟[v]的發音

[f]和[v]都是上齒抵住下嘴唇所發出的摩擦音，不同點是[f]是無聲子音，不需振動聲帶，像是用氣音說出國字「福」，而[v]是有聲子音，需要振動聲帶。

CD

track 24

		[f]			[v]	
❶	fat	[fæt]	胖	vet	[vɛt]	獸醫
❷	fan	[fæn]	電扇	van	[væn]	箱型車
❸	fine	[faɪn]	很好	vine	[vaɪn]	葡萄藤
❹	leaf	[lif]	葉子	leave	[liv]	離開

 玩玩嘴上體操

Friendly Frank flips fine flapjacks.
友善的法蘭克，翻了翻不錯的厚煎餅。

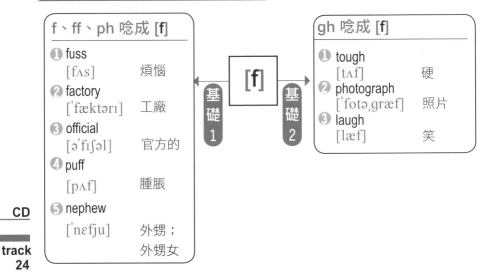

f、ff、ph 唸成 [f]

❶ fuss
[fʌs]　　　煩惱
❷ factory
['fæktərɪ]　工廠
❸ official
[ə'fɪʃəl]　　官方的
❹ puff
[pʌf]　　　腫脹
❺ nephew
['nɛfju]　　外甥；
　　　　　　外甥女

gh 唸成 [f]

❶ tough
[tʌf]　　　硬
❷ photograph
['fotə,græf]　照片
❸ laugh
[læf]　　　笑

[f]

基礎1

基礎2

CD
track
24

---

1 聽聽看

聽聽看，請把聽到的單字用音標表示出來。

1（far）　　　　（遠的）　　→ [　　　　　]
2（after）　　　（之後）　　→ [　　　　　]
3（fly）　　　　（飛翔）　　→ [　　　　　]
4（knife）　　　（刀子）　　→ [　　　　　]
5（gift）　　　　（禮物）　　→ [　　　　　]
6（safe）　　　　（安全的）　→ [　　　　　]
7（cliff）　　　　（懸崖）　　→ [　　　　　]
8（French fries）（薯條）　　→ [　　　　　]

答案1.[fɑr]2.['æftɚ]3.[flaɪ]4.f[naɪf]5.[gɪft]6.[sef] 7.[klɪf]8.[frɛntʃ fraɪz]

100

2 玩玩看

請將ph或gh當成音符填進去，譜成一首美麗的樂曲。

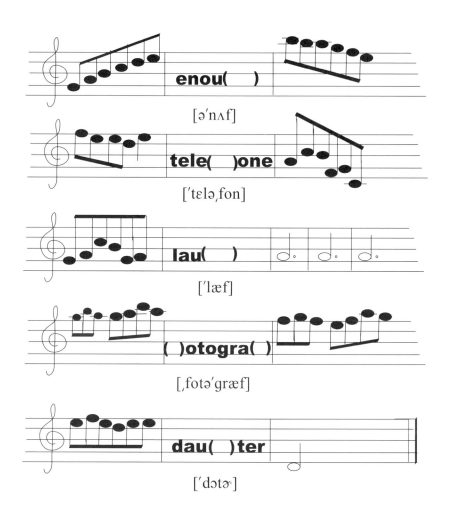

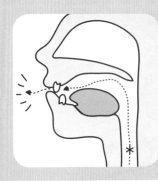

8 [v] 的發音

考100分耶
「V」！

怎麼發音呢

[v]跟[f]的發音位置很相近。首先同樣將上排牙齒放在下唇上,接著留下空隙,使氣流通過空隙時與唇齒產生摩擦,不同的是要確實振動聲帶,這樣發出的音就是[v]了。

CD

track
25

邊聽邊練習單字跟句子的發音喔

＜大聲唸出單字喔＞

❶ vet   [vɛt]   獸醫
❷ view   [vju]   景色
❸ visit   [ˈvɪzɪt]   拜訪
❹ vivid   [ˈvɪvɪd]   生動
❺ violin   [ˌvaɪəˈlɪn]   小提琴
❻ eleven   [ɪˈlɛvən]   十一

＜大聲唸出句子喔＞

❶ Very good!

很好!

❷ I heard her voice.

我聽到了她的聲音。

❸ The vase vanished.

花瓶消失了。

[v]

 比較[v]跟[f]的發音

[v]和[f]不同點是：[v]是有聲子音，需振動聲帶，像是下唇先用上齒擋住後，再輕輕彈出發中文的「福」。[f]不需振動聲帶，像是用氣音説出國字「福」。

CD

track
25

	[v]				[f]	
❶	give	[gɪv]	給	gift	[gɪft]	禮物
❷	convince	[kənˈvɪns]	使相信	confide	[kənˈfaɪd]	信任
❸	view	[vju]	景觀	few	[fju]	很少
❹	vase	[ves]	花瓶	face	[fes]	臉

 玩玩嘴上體操

**Vincent vowed vengeance
very vehemently.**
文森非常激動，發誓一定
要報仇。

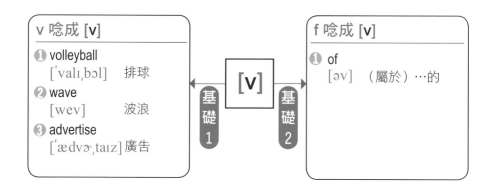

10倍速音標記憶網——哪些字母或字母組合唸成[v]

v 唸成 [v]

❶ volleyball
['valɪ,bɔl]　排球
❷ wave
[wev]　　　波浪
❸ advertise
['ædvɚ,taɪz]廣告

[v]

基礎1　基礎2

f 唸成 [v]

❶ of
[əv]　（屬於）…的

---

1 寫寫看

請先試著將以下的單字唸出聲來，再用音標表示出來。

1 violin →[　　]
（小提琴）

5 voice →[　　]
（聲音）

2 live →[　　]
（居住）

6 vow →[　　]
（誓言）

3 vanity →[　　]
（虛榮）

7 visit →[　　]
（拜訪）

4 various →[　　]
（多樣的）

104

答案1.[vaɪə'lɪn]2.[lɪv]3.['vænətɪ] 4.['vɛrɪəs] 5.[vɔɪs]6.[vaʊ] 7.['vɪzɪt]

2 玩玩看

影印機：將原本的單字卡送進影印機之後，不但數量變多了，
連[f]都變成[v]了呢！請寫出以下單字的複數形。

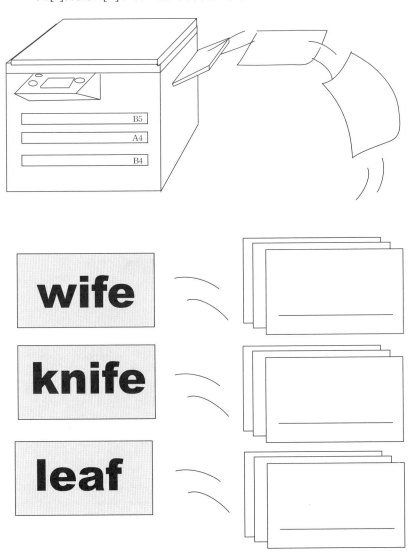

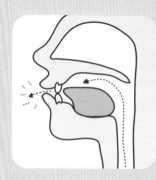

9 [s] 的發音

哇！輪胎破了
「s」！

 怎麼發音呢

[s]跟中文的「ㄙ」發音類似，將舌頭前端放在上牙齦後面，但是留下一絲空隙，此時不要振動聲帶，使氣流緩緩流出與空隙產生摩擦。維持這個姿勢吸氣，如果感覺到上排牙齒後面涼涼的才是正確的。

 邊聽邊練習單字跟句子的發音喔

＜大聲唸出單字喔＞

❶ see　　[si]　　看見
❷ hiss　　[hɪs]　　嘶嘶聲
❸ sick　　[sɪk]　　生病
❹ miss　　[mɪs]　　想念
❺ rice　　[raɪs]　　米飯
❻ circle　　[ˈsɝkl]　　圓圈

＜大聲唸出句子喔＞

❶ See you!
　　　　　　掰掰！
❷ Sit down.
　　　　　　坐下！
❸ This place is peaceful.
　　　　　　這地方真安靜。

[s]

 比較[s]跟[ʃ]的發音

[s]和[ʃ]都是無聲摩擦音，不同點在：[s]是將舌頭前端放在上牙齦後面發聲，像用氣音說出國字「嘶」，而[ʃ]是將嘴巴微微嘟起，氣流從舌頭與硬顎間的空隙流出。

	[s]				[ʃ]	
❶ soap	[sop]	肥皂		shop	[ʃɑp]	商店
❷ gas	[gæs]	瓦斯		gosh	[gɑʃ]	天呀
❸ sigh	[saɪ]	嘆息		shy	[ʃaɪ]	害羞
❹ so	[so]	所以		show	[ʃo]	表演

 玩玩嘴上體操

Silly Sally swiftly shooed seven silly sheep.
傻楞楞的紗麗，把七隻傻呆呆的綿羊噓走。

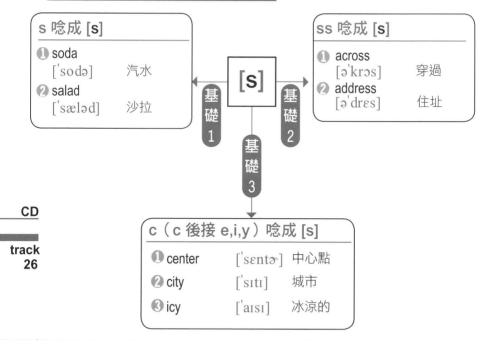

10倍速音標記憶網——哪些字母或字母組合唸成[s]

s 唸成 [s]

❶ soda
['sodə]　　汽水
❷ salad
['sæləd]　　沙拉

[s]

基礎1

基礎2

基礎3

ss 唸成 [s]

❶ across
[ə'krɔs]　　穿過
❷ address
[ə'drɛs]　　住址

c（c 後接 e,i,y）唸成 [s]

❶ center　　['sɛntɚ]　　中心點
❷ city　　　['sɪtɪ]　　　城市
❸ icy　　　 ['aɪsɪ]　　　冰涼的

1 聽聽看

聽聽看，根據你聽到的句子，在括號中圈出正確的單字喔！

1 Let's (thing / sing) together.

2 I (saw / thought) a rabbit running over.

3 I don't (think / sink) this is a good idea.

4 Excuse me, how do I get to the (fourth / force) floor?

5 We have the (same / shame) name.

答案1.sing 2.saw 3.think 4.fourth 5.same

Jeffery今天放學之後，要到超市幫媽媽買東西，但是他不知道路標怎麼看，請你告訴他。

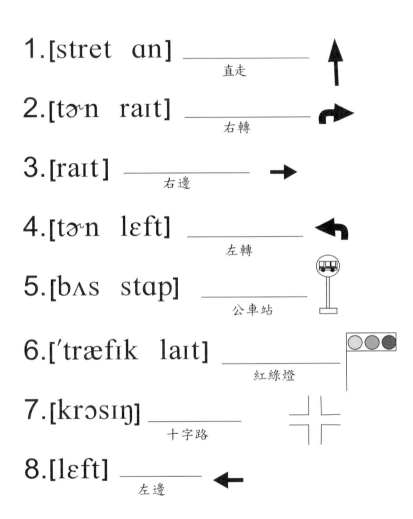

1. [stret ɑn] ＿＿＿＿＿＿
   直走

2. [tɚn raɪt] ＿＿＿＿＿＿
   右轉

3. [raɪt] ＿＿＿＿＿
   右邊

4. [tɚn lɛft] ＿＿＿＿＿＿
   左轉

5. [bʌs stɑp] ＿＿＿＿＿
   公車站

6. [ˈtræfɪk laɪt] ＿＿＿＿＿＿
   紅綠燈

7. [krɔsɪŋ] ＿＿＿＿＿
   十字路

8. [lɛft] ＿＿＿＿＿
   左邊

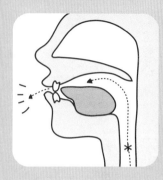

10 [z] 的發音

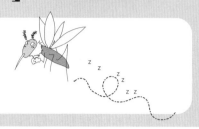

蚊子在飛「ZZZ」！

 怎麼發音呢

[z]的發音位置跟[ʃ]十分相像。同樣將舌頭前端放在上排牙齒齒齦後面，留下一條空隙，使氣流從空隙緩緩流出，同時振動聲帶所發出的音就是[z]囉！

 邊聽邊練習單字跟句子的發音喔

＜大聲唸出單字喔＞

❶ zoo　　[zu]　　　　動物園
❷ size　　[saɪz]　　　尺寸
❸ zebra　[ˈzibrə]　　斑馬
❹ please　[pliz]　　　請
❺ cheese　[tʃiz]　　　起士
❻ nose　　[noz]　　　鼻子

＜大聲唸出句子喔＞

❶ Zip your zipper.
　　　　　　拉上拉鍊。

❷ Kids love the zoo.
　　　　　　孩子喜歡動物園。

❸ He is busy as a bee.
　　　　　　他很忙碌。

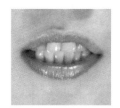

[z]

 比較[z]跟[s]的發音

[z]和[s]都是是將舌頭前端放在上排牙齦後面發聲,不同點是[z]是有聲子音,需振動聲帶,像是在模仿電流通過的聲音,而[s]是無聲子音,像用氣音說出國字「嘶」。

CD

track 27

	[z]				[s]	
❶ zip	[zɪp]	拉拉鍊	sip	[sɪp]	啜飲
❷ sirs	[sɝz]	男士(複數)	sits	[sɪts]	坐
❸ choose	[tʃuz]	選擇(動詞)	choice	[tʃɔɪs]	選擇
❹ lose	[luz]	輸	loose	[lus]	鬆的

 玩玩嘴上體操

The zoo's zebra price is a nice price at that size.
動物園斑馬的價格,以那個大小來說,是個好價錢。

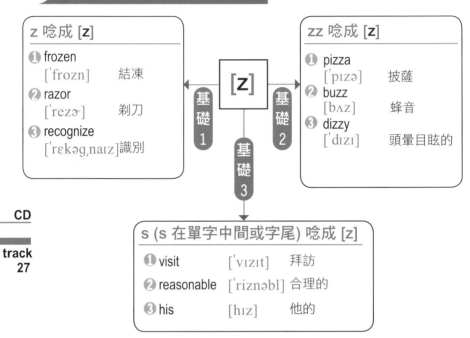

z 唸成 [z]

❶ frozen
['frozn] 結凍

❷ razor
['rezɚ] 剃刀

❸ recognize
['rɛkəg,naɪz] 識別

[z]

基礎1　基礎2　基礎3

zz 唸成 [z]

❶ pizza
['pɪzə] 披薩

❷ buzz
[bʌz] 蜂音

❸ dizzy
['dɪzɪ] 頭暈目眩的

s (s 在單字中間或字尾) 唸成 [z]

❶ visit　　　['vɪzɪt]　拜訪

❷ reasonable　['riznəbl]　合理的

❸ his　　　　[hɪz]　他的

1 聽聽看

聽聽看，下列單字的第三人稱單數現在式(劃線部份)該發什麼音？先跟著唸一次，再將答案填到下面對應的空格裡。

allow<u>s</u>　　sing<u>s</u>　　cancel<u>s</u>　　name<u>s</u>　　see<u>s</u>　　stop<u>s</u>

jump<u>s</u>　　murder<u>s</u>　　arrive<u>s</u>　　show<u>s</u>　　walk<u>s</u>

climb<u>s</u>　　play<u>s</u>　　offer<u>s</u>　　think<u>s</u>　　create<u>s</u>

[z]	
[s]	

答案[z]:allows; sings; cancels; names; sees; murders; arrives; shows; climbs; plays;

offers;creates　[s]:stops; jumps; walks; thinks

2 玩玩看

猜猜看，下列與 [z] 有關的謎語指的是什麼人或東西？

1. I am animals' home in the city. What am I?
2. I am bad guys' home after they did bad things. What am I?
3. People like to listen to me. What am I?
4. I am married to a woman. Who am I?
5. I rule a country. Who am I?

1 ☐☐☐

[zu]

2 ☐☐☐☐☐☐

[ˈprɪzn̩]

3 ☐☐☐☐☐

[ˈmjuzɪkl̩]

4 ☐☐☐☐☐☐

[ˈhʌzbənd]

5 ☐☐☐☐☐☐☐☐☐

[ˈprɛzədənt]

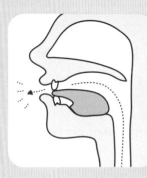

11 [θ] 的發音

嘴形像吹口香糖泡泡一樣。

 怎麼發音呢

[θ]的發音位置很特別，中文裡並沒有類似的發音，所以要多加練習喔。首先將舌頭前端放在上下牙齒中間，留下一點空隙，接著使氣流沿著空隙流出產生摩擦，此時不要振動聲帶，就是[θ]的發音囉！

 邊聽邊練習單字跟句子的發音喔

＜大聲唸出單字喔＞

❶ thick　　[θɪk]　　厚　　　　❹ fifth　　[fɪfθ]　　第五
❷ thing　　[θɪŋ]　　東西　　　❺ north　　[nɔrθ]　　北方
❸ through [θru]　　通過　　　❻ path　　[pæθ]　　道路

＜大聲唸出句子喔＞

❶ Thank you!

　　　　　　謝謝你！

❷ I am thirsty.

　　　　　　我口渴了。

❸ The book is thin.

　　　　　　書很薄。

114

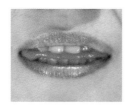

[θ]

比較[θ]跟[s]的發音

[θ]和[s]都是無聲子音，發音方法的差異在舌頭，請先發一個[s]，接著慢慢地將舌頭伸到牙齒中間，送氣不要中斷喔，這時發出的音就是[θ]囉！

CD

track 28

	[θ]			[s]	
❶ thin	[θɪn]	瘦	sin	[sɪn]	罪
❷ teeth	[tiθ]	牙齒	this	[ðɪz]	這個
❸ thick	[θɪk]	厚	sick	[sɪk]	生病
❹ path	[pæθ]	道路	pass	[pæs]	通過

玩玩嘴上體操

**I thought a thought.
But the thought I thought
wasn't the thought
I thought I thought.**

我想到一個想法，
但我想到的這個想法並不是
我以為自己想到的那個想法。

115

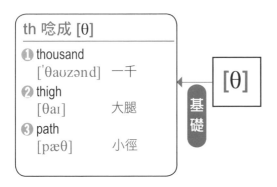

th 唸成 [θ]

❶ thousand
[ˈθaʊzənd] 一千
❷ thigh
[θaɪ] 大腿
❸ path
[pæθ] 小徑

[θ] ← 基礎

CD

track 28

1 聽聽看

改錯練習：下面的單字有些拼錯了，請在聽過CD發音後，在正確的單字後面空格打O。在錯的單字後面的空格打X，並填上正確的單字。

1 tees →__ _____(teeth)
（牙齒）

5 sick →__ _____(thick)
（厚的）

2 three →__ _____(three)
（三）

6 bass →__ _____(bath)
（洗澡）

3 pass →__ _____(path)
（小徑）

7 sink →__ _____(think)
（思考）

4 thank →__ _____(thank)
（謝謝）

116

答案1.×,teeth 2.○ 3.×,path 4.○ 5.×,thick 6.×,bath 7.×,think

2 玩玩看

學過音標當然要知道自己到底記了多少，那麼就來看看左邊的音標，
它們各是那些單字呢？

1 [ˈbɝθˌde] □□□□□□ □

2 [hɛlθ] □□□□□

3 [mʌnθ] □□□□

4 [brɛθ] □□□□□

5 [ɝθ] □□□□

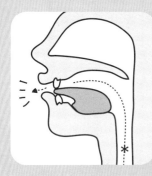

12 [ð]的發音

舌頭被上下牙齒咬
住「了」啦！

 怎麼發音呢

[ð]的發音位置與[θ]相當類似。舌頭前端放在上下齒中間，留下一點空隙，接著使氣流沿著空隙流出產生摩擦，摩擦的同時振動聲帶，就能發出漂亮的[ð]囉！不管是[θ]還是[ð]，通常拼音上都以 th 表示。

 邊聽邊練習單字跟句子的發音喔

<大聲唸出單字喔>

❶ this	[ðɪs]	這個	❹ there	[ðɛr]	那裡
❷ clothe	[kloð]	衣服	❺ other	[ˈʌðɚ]	其餘的
❸ weather	[ˈwɛðɚ]	天氣	❻ without	[wɪðˈaʊt]	沒有

<大聲唸出句子喔>

❶ These are their clothes.

這些是他們的衣服。

❷ They went to the theater.

他們去了電影院。

❸ This is it.

我們到了。

CD

track
29

[ð]

 比較[ð]跟[θ]的發音

[ð]和[θ]都是舌頭放在牙齒中間所發出的摩擦音,不同點在:[ð]是有聲子音,而[θ]是無聲子音。請先發一個[z],接著慢慢地將舌頭伸到牙齒中間,送氣不要中斷喔,這時發出的音就是[ð]喔!

CD

track
29

[ð]		
❶ this	[ðɪs]	這是
❷ them	[ðɛm]	他們
❸ than	[ðæn]	比較
❹ though	[ðo]	雖然

[θ]		
thin	[θɪn]	瘦
think	[θɪŋk]	思考
thank	[θæŋk]	謝謝
thought	[θɔt]	想到

 玩玩嘴上體操

The Smothers brothers' father's mother's brothers are the Smothers brothers' mother's father's other brothers.

史瑪德兄弟的爸爸的母親的兄弟是
史瑪德兄弟的媽媽的父親的**其他**兄弟。

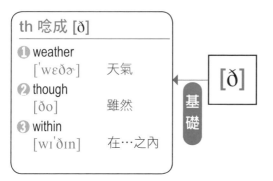

th 唸成 [ð]

❶ weather
　['wɛðɚ]　　天氣
❷ though
　[ðo]　　　雖然
❸ within
　[wɪ'ðɪn]　在…之內

[ð] 基礎

CD

track
29

1 聽聽看

聽聽看，下列單字劃線部份相同，發音卻是不同的喔！請將單字填入下面對應的空格中。

without	the	thank	breathe	worth	month
earth	either	cloth	mother	thought	
together	theater	teeth	their	mouth	throw

| 1.this | |
| 2.thin | |

答案 1.without; the; breathe; either; mother; together; their 2.thank; worth; month; earth; cloth; thought; theater; teeth; mouth; throw

2 玩玩看

這是小明家的祖譜，請在空格上填上適當的稱謂，幫小明完成他家的
祖譜。

['grænd‚faðɚ]   ['grænd‚mʌðɚ]

['faðɚ]   ['mʌðɚ]

me

['brʌðɚ]

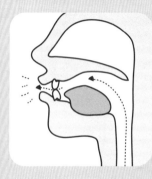

13 [ʃ] 的發音

不要吵啦！
「噓～」。

噓～

 怎麼發音呢

[ʃ]的形狀跟發音都像是要求別人安靜的「噓～」。首先將嘴唇微微嘟出，像吹蠟燭一樣，舌頭前端靠近硬顎，也就是比[s][z]更往後的位置。接著使氣流沿著舌頭與硬顎間的空隙流出產生摩擦，不要振動聲帶所發出的音就是[ʃ]囉！

CD

track 30

 邊聽邊練習單字跟句子的發音喔

＜大聲唸出單字喔＞

❶ she   [ʃi]   她
❷ fish   [fɪʃ]   魚
❸ shirt   [ʃɝt]   襯衫
❹ shop   [ʃɑp]   商店
❺ cashier   [kæˈʃɪr]   收銀員
❻ sure   [ʃʊr]   當然

＜大聲唸出句子喔＞

❶ Sheep are shy.
綿羊很害羞。

❷ She likes shopping.
她喜愛購物。

❸ The shoes were washed.
鞋子已經洗乾淨了。

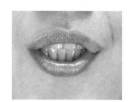

[ʃ]

 比較 [ʃ] 跟 [tʃ] 的發音

[ʃ]和[tʃ]都是氣流沿著舌頭與硬顎間的空隙流出產生的摩擦音,兩者同樣都是無聲子音,只不過[ʃ]類似中文的「噓」,而[tʃ]類似用氣音說中文的「去」。

	[ʃ]			[tʃ]	
❶ sheep	[ʃip]	羊	cheap	[tʃip]	便宜
❷ share	[ʃɛr]	分享	chair	[ˈtʃɛr]	椅子
❸ shop	[ʃɑp]	商店	chop	[tʃɑp]	切
❹ wash	[wɑʃ]	清洗	watch	[wɑtʃ]	手錶

 玩玩嘴上體操

She sells seashells by the seashore.
The shells she sells are surely seashells.

她在海邊賣貝殼,
她賣的殼絕對是貝殼。

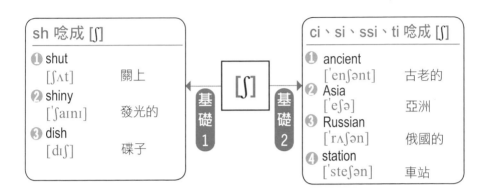

10倍速音標記憶網——哪些字母或字母組合唸成[ʃ]

sh 唸成 [ʃ]

❶ shut
　　[ʃʌt]　　　關上
❷ shiny
　　[ˈʃaɪnɪ]　　發光的
❸ dish
　　[dɪʃ]　　　碟子

[ʃ]

基礎 1

基礎 2

ci、si、ssi、ti 唸成 [ʃ]

❶ ancient
　　[ˈenʃənt]　　古老的
❷ Asia
　　[ˈeʃə]　　　亞洲
❸ Russian
　　[ˈrʌʃən]　　俄國的
❹ station
　　[ˈsteʃən]　　車站

1 填填看

請先試著將以下的單字唸出聲來，再用音標表示出來，

1 sheep　→[　]
　（羊）

5 fish　→[　]
　（魚）

2 shy　→[　]
　（害羞的）

6 show　→[　]
　（表現）

3 dish　→[　]
　（盤子）

7 push　→[　]
　（推）

4 vanish　→[　]
　（消失）

答案1.[ʃip] 2.[ʃaɪ] 3.[dɪʃ] 4.[ˈvænɪʃ] 5.[fɪʃ] 6.[ʃo] 7.[pʊʃ]

124

2 玩玩看

小迷糊忘了帶眼鏡去上課，結果把ch與sh搞混了。請你幫小迷糊找出
發[ʃ]的單字，並改正過來。

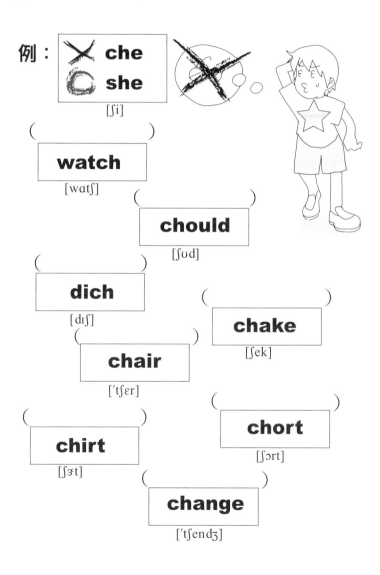

例： ✗ che
     ○ she
        [ʃi]

(　　　　　)
watch
[watʃ]

(　　　　　)
chould
[ʃʊd]

(　　　　　)
dich
[dɪʃ]

(　　　　　)
chair
[ˈtʃɛr]

(　　　　　)
chake
[ʃek]

(　　　　　)
chirt
[ʃɝt]

(　　　　　)
chort
[ʃɔrt]

(　　　　　)
change
[ˈtʃendʒ]

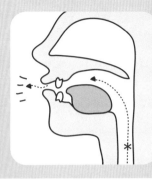

14 [ʒ] 的發音

「橘」子好好吃喔！

橘

怎麼發音呢

[ʒ]的發音位置跟[ʃ]很相似。同樣地將嘴唇微張往外嘟出，接著將舌頭靠近硬顎的位置，使氣流緩緩流出，與舌頭和硬顎間的空隙產生摩擦，記得要振動聲帶喔！維持同樣姿勢吸氣，硬顎部分涼涼的才是正確的喔！

CD

track
31

邊聽邊練習單字跟句子的發音喔

＜大聲唸出單字喔＞

❶ Asian [eʒən] 亞洲人
❷ usual [ˈjuʒʊəl] 經常的
❸ leisure [ˈliʒɚ] 空閒

❹ garage [ɡəˈrɑʒ] 車庫
❺ television [ˈtɛlə,vɪʒən] 電視
❻ casual [ˈkæʒʊəl] 隨性的

＜大聲唸出句子喔＞

❶ Our treasure is in the garage.
我們的寶物在車庫裡。

❷ It's hard to measure one's pressure.
人的壓力很難估計。

❸ He usually watches television at leisure.
他空閒時常看電視。

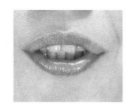

[ʒ]

比較 [ʃ] 跟 [ʒ] 的發音

[ʃ]和[ʒ]都是舌頭和硬顎間的空隙產生摩擦音，不同點是：[ʒ]是有聲子音，需要振動聲帶，而[ʃ]是無聲子音，不用振動聲帶，請感受看看振動聲帶所造成的差別喔。

CD

track 31

	[ʒ]			[ʃ]	
❶ measure	[ˈmɛʒɚ]	估計	pressure	[ˈprɛʃɚ]	壓力
❷ casual	[ˈkæʒʊəl]	隨性的	cash	[kæʃ]	現金
❸ Asian	[ˈeʒən]	亞洲人	ash	[æʃ]	灰
❹ vision	[ˈvɪʒən]	視力	mission	[ˈmɪʃən]	任務

玩玩嘴上體操

The Asian usually watches television at leisure.
亞洲人通常在閒暇時間看電視。

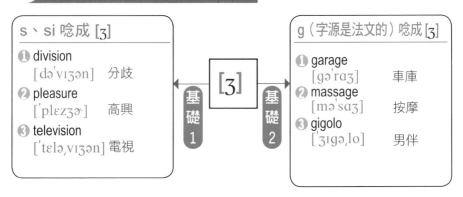

10倍速音標記憶網——哪些字母或字母組合唸成 [ʒ]

s、si 唸成 [ʒ]

❶ division
  [dəˈvɪʒən]　分歧
❷ pleasure
  [ˈplɛʒɚ]　高興
❸ television
  [ˈtɛləˌvɪʒən] 電視

g（字源是法文的）唸成 [ʒ]

❶ garage
  [ɡəˈrɑʒ]　車庫
❷ massage
  [məˈsɑʒ]　按摩
❸ gigolo
  [ˈʒɪɡəˌlo]　男伴

[ʒ]

基礎1　基礎2

CD
track
31

1 聽聽看

請邊聽邊跟著唸，然後選出聽到的單字，並在方格內打勾。

1 ☐ garage （車庫）	☐ garbage （垃圾）
2 ☐ leisure （休閒）	☐ leather （皮革）
3 ☐ measure （測量）	☐ method （方法）
4 ☐ Asia （亞洲）	☐ ask （問）
5 ☐ precious （珍貴的）	☐ pressure （壓力）
6 ☐ casual （休閒的）	☐ castle （城堡）

答案 1. garage 2. leather 3. measure 4.Asia 5. pressure 6. casual

128

下課了！幾個字母好朋友到戶外練習傳球，卻發現他們的傳球路徑可以拼成單字呢！請你依序找出這些單字。

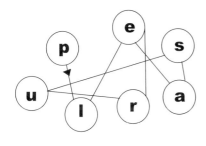

_____

[ˈplɛzɜ˞]

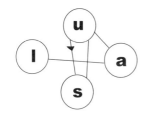

_____

[ˈjuʒʊəl]

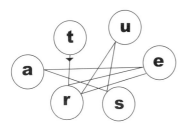

_____

[ˈtrɛʒɚ]

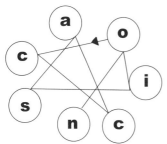

_____

[əˈkeʒən]

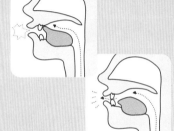

15 [tʃ] 的發音

叫你別跟，回去「去」！

 怎麼發音呢

[tʃ]的發音位置雖然跟[ʃ][ʒ]相同，發音方式卻很特別。首先同樣將舌頭靠近硬顎的位置，發音時要先將氣流留在口腔裡一會兒，讓氣流受到一點阻礙，再與空隙產生摩擦流出，此時不要振動聲帶，所發出的音就是[tʃ]囉。

 邊聽邊練習單字跟句子的發音喔

＜大聲唸出單字喔＞

❶ child　[tʃaɪld]　小孩
❷ cheek [tʃik]　臉頰
❸ teach [titʃ]　教學
❹ kitchen　[ˈkɪtʃən]　廚房
❺ picture　[ˈpɪktʃɚ]　圖片
❻ watch　[wɑtʃ]　手錶

＜大聲唸出句子喔＞

❶ Cheer up!
　　　　　開心點！

❷ He teaches Chinese.
　　　　　他教中文。

❸ Cheese and cherries match perfectly.
　　　　　起士和櫻桃口味很搭。

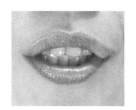

[tʃ]

 比較[tʃ]跟[dʒ]的發音

[tʃ]和 [dʒ]都是氣流沿著舌頭與硬顎流出而產生的摩擦音，不同點在於：[tʃ]是無聲子音，類似用氣音說中文的「去」。而 [dʒ]是有聲子音，類似嘟著嘴巴說中文的「啾」。

CD

track
32

[tʃ]			[dʒ]		
❶ March	[mɑrtʃ]	三月	merge	[mɝdʒ]	合併
❷ choose	[tʃuz]	選擇	juice	[dʒus]	果汁
❸ chat	[tʃæt]	聊天	jet	[dʒɛt]	噴射機
❹ cheap	[tʃip]	便宜	jeep	[dʒip]	吉普車

 玩玩嘴上體操

Cheryl's chilly cheap chip shop sells Cheryl's cheap chips.
雪若的冷淡又便宜的洋芋片店賣的是雪若的便宜洋芋片。

Cheryl's chips!!!

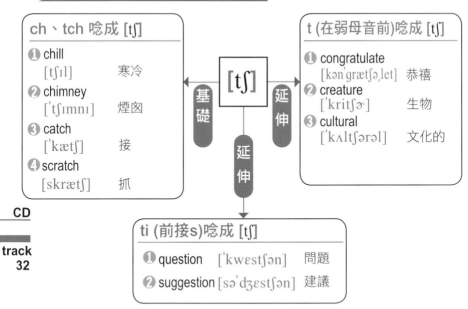

ch、tch 唸成 [tʃ]

❶ chill
[tʃɪl] 寒冷
❷ chimney
[ˈtʃɪmnɪ] 煙囪
❸ catch
[ˈkætʃ] 接
❹ scratch
[skrætʃ] 抓

[tʃ] 基礎 延伸

t (在弱母音前)唸成 [tʃ]

❶ congratulate
[kənˈgrætʃəˌlet] 恭禧
❷ creature
[ˈkritʃɚ] 生物
❸ cultural
[ˈkʌltʃərəl] 文化的

延伸

ti (前接s)唸成 [tʃ]

❶ question [ˈkwɛstʃən] 問題
❷ suggestion [səˈdʒɛstʃən] 建議

CD

track
32

1 聽聽看

聽聽看，根據你聽到的句子，在括號中選出正確的單字喔！

1 Where is my (wash / watch)?

2 There is a new (chop / shop).

3 Can you (choose / juice) for me?

4 Please bring me a (share / chair).

5 Let's (catch / cash) the ball.

答案1.watch 2.shop 3.choose 4.chair 5.catch

今天老師上課時發了五張單字卡，小迷糊卻不小心把一部份重疊在一起，請你幫小迷糊把重疊的單字卡分開。（提示：每個單字都含有[tʃ]的發音喔！）

futureachurcheapicture

[ˈfjutʃɚ]

[ritʃ]

church

[tʃɝtʃ]

[tʃip]

[ˈpɪktʃɚ]

16 [dʒ] 的發音

給你香一個
「啾～」。

啾♡

 怎麼發音呢

　[dʒ]與[tʃ]的發音方式相當類似。同樣是將舌頭靠近硬顎，接著把氣流留在口腔之中，使氣流受到一點阻礙後流出，並與舌頭和硬顎間的空隙產生摩擦，此時要振動聲帶，所發出的音就是 [dʒ]囉！

 邊聽邊練習單字跟句子的發音喔

＜大聲唸出單字喔＞

❶ job　　[dʒɑb]　　工作
❷ gym　　[dʒɪm]　　體育館
❸ join　　[dʒɔɪn]　　參加
❹ magic　　[ˈmædʒɪk]　　魔術
❺ Japan　　[dʒəˈpæn]　　日本
❻ page　　[pedʒ]　　頁數

＜大聲唸出句子喔＞

❶ Good job!
　　　　做得好！

❷ The giraffes are jogging.
　　　　長頸鹿在慢跑。

❸ The soldier has a large package.
　　　　那名軍人有個大包裹。

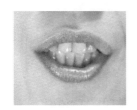

[dʒ]

 比較 [dʒ] 跟 [tʃ] 的發音

[dʒ]和[tʃ]都是氣流從舌頭與硬顎間流出,產生的摩擦音,不同點在於:
[dʒ]是有聲子音,類似嘟著嘴的「啾」,[tʃ]是無聲子音不需振動聲帶。請感受兩者聲帶振動的差別。

CD

track 33

	[dʒ]				[tʃ]	
❶ gin	[dʒɪn]	琴酒		chin	[tʃɪn]	下巴
❷ jelly	[ˈdʒɛlɪ]	果凍		cherry	[ˈtʃɛrɪ]	櫻桃
❸ cage	[kedʒ]	籠子		catch	[ˈkætʃ]	接到
❹ juice	[dʒus]	果汁		choose	[tʃuz]	選擇

 玩玩嘴上體操

The judge likes juice and jazz music.
那法官喜歡果汁和爵士樂。

135

10倍速音標記憶網——哪些字母或字母組合唸成[dʒ]

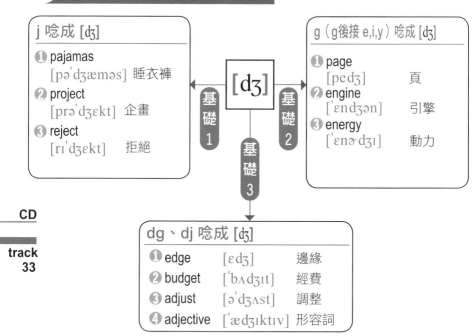

j 唸成 [dʒ]

❶ pajamas
  [pə'dʒæməs] 睡衣褲
❷ project
  [prə'dʒɛkt] 企畫
❸ reject
  [rɪ'dʒɛkt]　拒絕

[dʒ]

基礎 1

基礎 2

基礎 3

g（g後接 e,i,y）唸成 [dʒ]

❶ page
  [pedʒ]　　　頁
❷ engine
  ['ɛndʒən]　引擎
❸ energy
  ['ɛnɚdʒɪ]　動力

dg、dj 唸成 [dʒ]

❶ edge　　　[ɛdʒ]　　　邊緣
❷ budget　　['bʌdʒɪt]　經費
❸ adjust　　[ə'dʒʌst]　調整
❹ adjective　['ædʒɪktɪv] 形容詞

CD

track
33

1 聽聽看

聽聽看，將發音相同的填在對應的空格中。

bridge	garage	measure	orange	judge	gentle
usual	large	decision	huge	manage	
pleasure	leisure	gym	vision	unusual	

1.cage	
2.casual	

答案 1. bridge; orange; judge; gentle; large; huge; manage; gym 2. garage;
　　measure; usual; decision; pleasure; leisure; vision; unusual

136

2 玩玩看

[dʒ]很喜歡玩躲貓貓，現在換你當鬼，看下面哪些單字 g 發音[dʒ]，
把躲在 g 後面的[dʒ]圈出來。

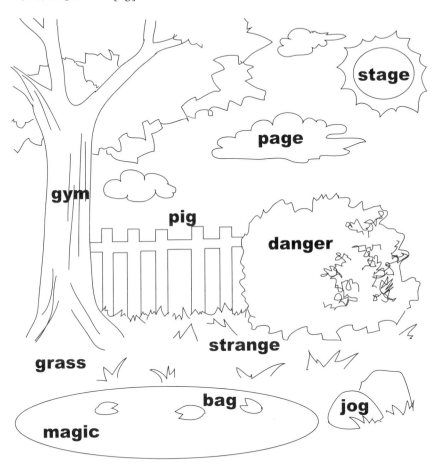

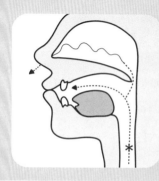

17 [m] 的發音

「嗯～」哪個好呢？

 怎麼發音呢

[m]的發音位置跟[p][b]一樣，都是將上下唇緊閉，只是[m]是將氣流留在口腔中，接著緊閉雙唇，使氣流從鼻腔衝出，就是[m]的發音了。當[m]在發音結尾時，像是 come 等，要以雙唇緊閉作為結尾喔！

 邊聽邊練習單字跟句子的發音喔

＜大聲唸出單字喔＞

❶ map ［mæp］ 地圖
❷ mix ［mɪks］ 混合
❸ mean ［min］ 意義
❹ come ［kʌm］ 來
❺ bomb ［bɑm］ 炸彈
❻ remember ［rɪˈmɛmbɚ］ 記得

＜大聲唸出句子喔＞

❶ Turn off the lamp.
關上燈。

❷ Tom bumped into Tim.
湯姆巧遇提姆。

❸ Mother got mad and screamed.
媽媽生氣地尖叫。

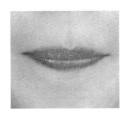

[m]

 比較[m]跟[n]的發音

在發[m]和[n]都會有鼻音，但兩者除了都是有聲鼻音外，發音部位相差很多喔！[m]需要雙唇緊閉，再將氣流從鼻子送出，而[n]則是將舌尖頂在上牙齦，雙唇微開發音。

CD

track
34

	[m]				[n]		
❶	sum	[sʌm]	總和	sun	[sʌn]	太陽
❷	ham	[hæm]	火腿肉	hand	[hænd]	手
❸	mice	[mæɪs]	老鼠	nice	[naɪs]	良好
❹	moon	[mun]	月亮	noon	[nun]	中午

 玩玩嘴上體操

Mickey Mouse and Minnie Mouse are kids' dreams.
米老鼠和米妮都是小孩子的夢想。

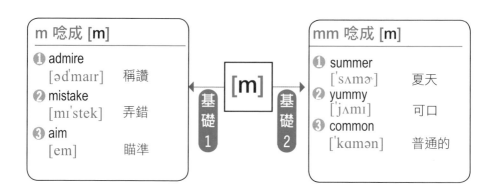

m 唸成 [m]

❶ admire
[əd'maɪr]　稱讚
❷ mistake
[mɪ'stek]　弄錯
❸ aim
[em]　瞄準

[m]

基礎 1

基礎 2

mm 唸成 [m]

❶ summer
['sʌmə˞]　夏天
❷ yummy
['jʌmɪ]　可口
❸ common
['kɑmən]　普通的

1 填填看

請在小方格內填入音標（括號中的單字發音），然後唸出聲來。

1 ☐☐☐☐ → (mean)
（意義）

5 ☐☐☐ →(mad)
（瘋狂）

2 ☐☐☐☐ →(jam)
（果醬）

6 ☐☐☐ →(more)
（更多）

3 ☐☐☐ →(mom)
（媽媽）

7 ☐☐☐ →(him)
（他）

4 ☐☐☐☐ →(blame)
（責怪）

答案1.[min]2.[dʒæm]3.[mɑm] 4.[blæm] 5.[mæd]6.[mɔr] 7.[hɪm]

2 玩玩看

〔mmm…〕，超好吃的菜餚要上桌了，只要根據音標把以下食材上的字母拼成正確的單字，填入空格，好吃的食物就完成了。

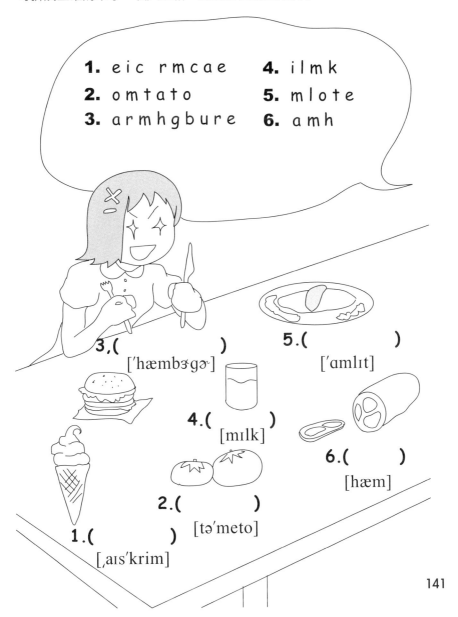

1. e i c r m c a e   **4.** i l m k

2. o m t a t o   **5.** m l o t e

3. a r m h g b u r e   **6.** a m h

3.(　　　　　)
['hæmbɚgɚ]

5.(　　　　　)
['amlɪt]

4.(　　　　　)
[mɪlk]

6.(　　　　)
[hæm]

2.(　　　　)
[tə'meto]

1.(　　　　　)
[ˌaɪsˈkrim]

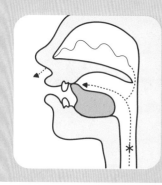

18 [n] 的發音

這本書很不錯
「呢」！

呢

 怎麼發音呢

[n]的發音位置跟[t][d]相近，都是將舌頭前端放在上牙齦後面，使氣流在口腔中蓄勢待發，接著放開舌頭，使氣流從鼻腔衝出，就是[n]的發音了。

CD

track
35

 邊聽邊練習單字跟句子的發音喔

＜大聲唸出單字喔＞

① no   [no]   不
② net   [nɛt]   網子
③ can   [kæn]   罐頭
④ nine   [naɪn]   九
⑤ winter   [ˈwɪntɚ]   冬天
⑥ invite   [ɪnˈvaɪt]   邀請

＜大聲唸出句子喔＞

① It is raining now.
現在正在下雨。
② It is windy in winter.
冬天風很大。
③ We had wine after dinner.
我們晚餐後喝了紅酒。

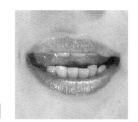

[n]

 比較[n]跟[ŋ]的發音

[n]和[ŋ]都是鼻音,但發音位置相差了很多喔![n]是用舌端輕輕彈一下上排牙齦,有點類似中文「呢」,而[ŋ]是用舌頭根部抵住軟顎而發聲,類似注音的ㄥ。

CD

track 35

	[n]				[ŋ]		
❶	win	[wɪn]	贏	wing	[wɪŋ]	翅膀
❷	keen	[kin]	激烈	king	[kɪŋ]	國王
❸	sin	[sɪn]	罪	sing	[sɪŋ]	唱歌
❹	thin	[θɪn]	瘦的	thing	[θɪŋ]	事情

 玩玩嘴上體操

Nine nice night nurses nursing nicely.
九個不錯的夜班護士很親切地護理病人。

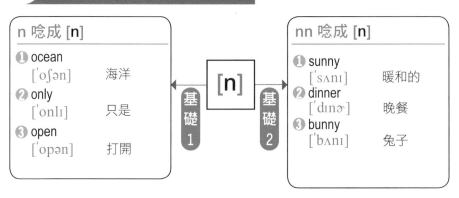

10倍速音標記憶網——哪些字母或字母組合唸成[n]

n 唸成 [n]

① ocean
　['oʃən]　海洋
② only
　['onlɪ]　只是
③ open
　['opən]　打開

[n]

基礎1

基礎2

nn 唸成 [n]

① sunny
　['sʌnɪ]　暖和的
② dinner
　['dɪnɚ]　晚餐
③ bunny
　['bʌnɪ]　兔子

CD

track
35

1 聽聽看

聽聽看，根據你聽到的句子，選出括號中正確的單字喔！

1 It is (raining / ringing) outside.

2 The (thing / thin) bothers him.

3 My favorite team never (wins / wings).

4 Here I (can / come).

5 Please turn in the paper before (nine / mine).

答案1.raining 2.thing 3.wins 4.come 5.nine

2 玩玩看

同花順：請將花色相同的字母組成同花順，猜猜看是什麼單字呢？

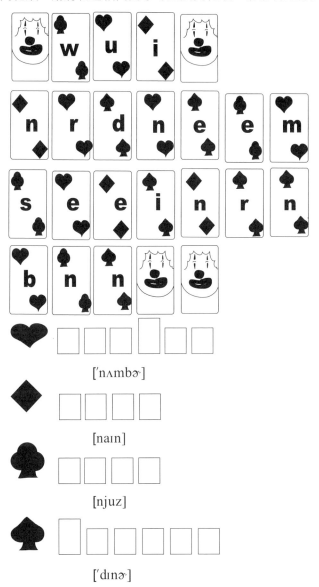

[ˈnʌmbɚ]

[naɪn]

[njuz]

[ˈdɪnɚ]

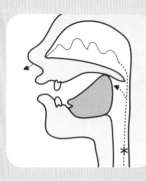

19 [ŋ] 的發音

「哼」大鑽石有什麼了不起！

 怎麼發音呢

[ŋ]的發音位置跟[k][g]很接近，都是抬高後面的舌頭來抵住軟顎，使氣流留在口腔中，接著放開舌頭，使氣流從鼻腔衝出，此時振動聲帶，就是[ŋ]的發音了。這也難怪[ŋ]常常跟 k 或 g 放在一起呢！

CD

track 36

 邊聽邊練習單字跟句子的發音喔

＜大聲唸出單字喔＞

❶ ink　　[ɪŋk]　　墨水　　　　❹ sing　　[sɪŋ]　　唱歌
❷ link　　[lɪŋk]　　連結　　　　❺ ring　　[rɪŋ]　　戒指
❸ drink　[drɪŋk]　喝　　　　　❻ morning　[ˈmɔrnɪŋ]　早晨

＜大聲唸出句子喔＞

❶ The ring is pink.
　　　　　戒指是粉紅色的。

❷ The king is singing.
　　　　　國王正在唱歌。

❸ Bring the ink.
　　　　　帶墨水來。

[ŋ]

 ## 比較[ŋ]跟[n]的發音

[ŋ]跟[n]都是鼻音,但發音位置差了很多喔![n]是用舌端輕輕彈一下上牙齦,有點類似中文「呢」,而[ŋ]是用舌頭根部抵住軟顎而發聲,類似注音的ㄥ。

CD

track 36

	[ŋ]				[n]	
❶	sing	[sɪŋ]	唱歌	sin	[sɪn]	罪過
❷	pink	[pɪŋk]	粉紅	pin	[pɪn]	別針
❸	wing	[wɪŋ]	翅膀	win	[wɪn]	贏
❹	along	[əˈlɔŋ]	沿著	alone	[əˈlon]	孤獨

 ## 玩玩嘴上體操

The king is singing on the pink swing in Beijing.

國王正在北京的一座粉紅鞦韆上唱歌。

147

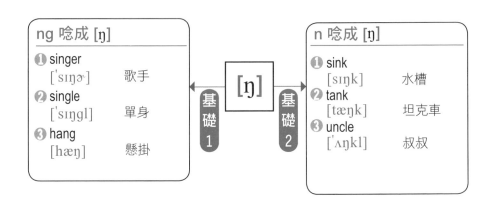

ng 唸成 [ŋ]

❶ singer
['sɪŋɚ]　　歌手
❷ single
['sɪŋgl]　　單身
❸ hang
[hæŋ]　　懸掛

[ŋ]

基礎 1

基礎 2

n 唸成 [ŋ]

❶ sink
[sɪŋk]　　水槽
❷ tank
[tæŋk]　　坦克車
❸ uncle
['ʌŋkl]　　叔叔

 1 填填看

經過以上的練習，你是否注意到 [ŋ] 的獨特發音規則呢？請將劃線部份發音相同的單字填在對應的空格裡。小心！有些單字沒有空格可以對應喔！

thi<u>n</u>k　　wi<u>n</u>d　　hu<u>n</u>gry　　a<u>n</u>gle　　ta<u>n</u>k　　fi<u>n</u>ger

wi<u>n</u>g　　a<u>n</u>gry　　la<u>n</u>d　　ha<u>n</u>dsome

tha<u>n</u>k　　li<u>n</u>k　　hu<u>n</u>dred　　i<u>n</u>k　　lo<u>n</u>g　　tru<u>n</u>k

1.si<u>ng</u>er	
2.si<u>n</u>k	

答案1. wing; angry; 2. think; tank; thank; link; ink; trunk;hungry; angle; finger;long

2 玩玩看

學過音標當然要知道自己到底記了多少，那麼就來看看左邊的音標，它們各是那些單字呢？

1 [strɔŋ] □ □ □ □ □ □

2 [θɪŋk] □ □ □ □ □

3 [rɔŋ] □ □ □ □ □

4 [drɪŋk] □ □ □ □ □

5 [θæŋk] □ □ □ □

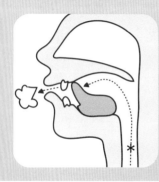

20 [l] 的發音

人家不要喝「了」啦!

人家不要喝「了」啦!

 怎麼發音呢

[l]的發音跟中文的「ㄌ」類似,是將舌頭前端抵在上齒齦後面,然後振動聲帶,讓氣流緩緩的從舌頭兩邊流出,所以叫做「邊音」。當[l]在字尾時,像是 pull,別忘了最後舌頭要稍微碰到齒齦後面喔!

 邊聽邊練習單字跟句子的發音喔

<大聲唸出單字喔>

❶ lie	[laɪ]	謊言		❹ gold	[gold]	黃金
❷ lot	[lɑt]	籤		❺ pull	[pʊl]	拉
❸ play	[ple]	玩耍		❻ dollar	[ˈdɑlɚ]	元

<大聲唸出句子喔>

❶ Wait in line, please.
　　　　　　　請排隊!

❷ Listen carefully to me.
　　　　　　　仔細聽我說。

❸ The girl played with the doll.
　　　　　　　小女孩在玩洋娃娃。

[l]

 比較[l]跟[r]的發音

[l]和[r]都是有聲子音，但[r]是捲舌音，發音不同點在兩者舌頭位置。
[l]是將舌頭前端抵在上齒齦後面。而[r]要將舌尖後捲到更後面。

	[l]				[r]	
❶ late	[let]	遲到		rate	[ret]	匯率
❷ fly	[flaɪ]	飛		fry	[fraɪ]	煎
❸ till	[tɪl]	直到		tear	[tɪr]	淚水
❹ play	[ple]	玩		pray	[pre]	祈禱

 玩玩嘴上體操

**Lovely lemon liniment
lightens Lily's left leg.**
好用的檸檬藥膏讓莉莉的左腳
舒服多了。

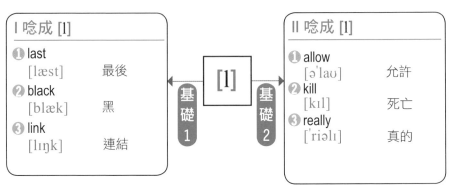

10倍速音標記憶網——哪些字母或字母組合唸成[l]

I 唸成 [l]

1. last
   [læst]　　最後
2. black
   [blæk]　　黑
3. link
   [lɪŋk]　　連結

[l]

基礎 1
基礎 2

II 唸成 [l]

1. allow
   [əˈlaʊ]　　允許
2. kill
   [kɪl]　　死亡
3. really
   [ˈriəlɪ]　　真的

CD

**track
37**

1 聽聽看

下面的單字有些和CD上唸的不同，請在聽過CD後，在正確的單字後面空格處打O，在錯的單字後面的空格處打X，並填上正確的單字。

1 tree → __ _____
2 lead → __ _____
3 play → __ _____
4 rank → __ _____

5 blue → __ _____
6 well → __ _____
7 jelly → __ _____

答案1.o 2.x; read 3.x;pray 4.o
5.x;brew 6.x;were 7.x;Jerry

152

放長線釣大魚：請你看看要用幾個[1]當魚餌才能把魚釣起來，變成一
個完整的單字呢？注意喔！魚會吃順序較前面的餌喔！

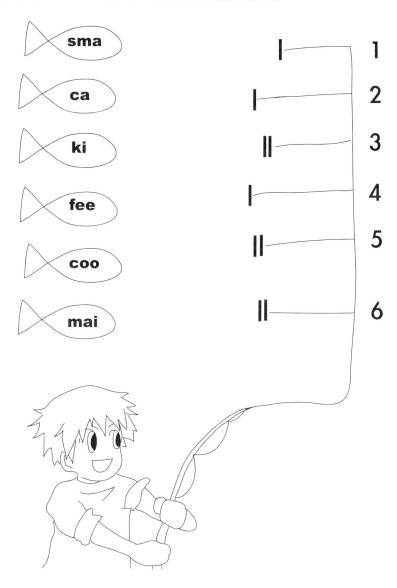

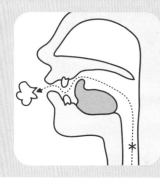

21 [r] 的發音

耶！來「rock」一下吧！

rock

 怎麼發音呢

[r]又叫捲舌音。首先將舌頭中間部分微微凹下去，接著將舌尖稍微往後捲起，此時振動聲帶所發出的音就是[r]囉！當[r]在母音前面時，例如 red，嘴唇要像吹蠟燭一樣嘟成圓形；當[r]在母音後面時，像是 war，發音就很像「ㄦ」呢！

 邊聽邊練習單字跟句子的發音喔

<大聲唸出單字喔>

❶ red   [rɛd]   紅色
❷ try   [traɪ]   嘗試
❸ war   [wɔr]   戰爭
❹ fear   [fɪr]   害怕
❺ rage   [redʒ]   生氣
❻ parent ['pɛrənt] 父母

<大聲唸出句子喔>

❶ I am all ears.
　　　　　　　我洗耳恭聽。
❷ Red represents rage.
　　　　　　　紅色代表憤怒。
❸ Don't cry over spilt milk.
　　　　　　　覆水難收。

[r]

 ## 比較[r]跟[l]的發音

[r]和[l]都是有聲子音，但[r]是捲舌音，不同點在兩者舌頭位置。[l]是將舌頭前端抵在上排齒齦後面，類似注音的ㄌ。而[r]要將舌尖後捲到更後面，類似注音的ㄦ。

CD

track
38

	[r]				[l]		
❶	worp	[wɔrp]	彎曲	walk	[wɔk]	散步
❷	war	[wɔr]	戰爭	wall	[wɔl]	牆壁
❸	rock	[rɑk]	搖滾樂	lock	[lɑk]	鎖
❹	write	[raɪt]	寫	light	[laɪt]	光線

 ## 玩玩嘴上體操

He is ready to propose in the restaurant with a ring and roses.

他已經準備好要在餐廳裡用戒指和玫瑰花求婚。

155

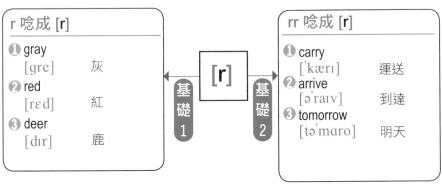

r 唸成 [r]
1. gray
   [gre]　　灰
2. red
   [rɛd]　　紅
3. deer
   [dɪr]　　鹿

[r]

基礎 1

基礎 2

rr 唸成 [r]
1. carry
   ['kærɪ]　　運送
2. arrive
   [ə'raɪv]　　到達
3. tomorrow
   [tə'mɑro]　　明天

CD
___
track
38

1 聽聽看

聽聽看，根據你聽到的句子，選出括號中正確的單字喔！

1 I have an (ear / ill) for music.

2 Let's take a (walk / work).

3 Would you like to (read / lead) the newspaper?

4 I had my (hair / hail) cut yesterday.

5 You are (fired / filled)!

答案1.ear 2.walk 3.read 4.hair 5.fired

你想吃什麼？請按照句中的圖把單字填上去，還要填音標喔！

hamburger

coke

French fries

bread

fried chicken

ice cream

clerk : May I help you?

I : Yes. I'd like

two _____ ,
　　　　[　　　　]

one _____ ,
　　　　[　　　　]

three _____ , and
　　　　[　　　　]

one _____ , please.
　　　　[　　　　]

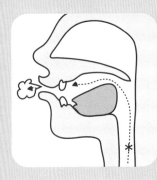

22 [w] 的發音

「巫」好險喔！

巫

 怎麼發音呢

CD

track
39

[w]為半母音，跟母音[u]的發音方式很像。首先讓嘴唇發像[u]一樣的圓唇，將舌頭後半部往上延伸接近軟顎，留下通道讓氣流緩緩流過，同時振動聲帶。如果後面接母音，例如 we [wi]，要快速的從[w]的位置滑到[i]的位置。

 邊聽邊練習單字跟句子的發音喔

＜大聲唸出單字喔＞

❶ we ［wi］ 我們
❷ way ［we］ 路
❸ wear ［wɛr］ 穿
❹ window ［'wɪndo］ 窗戶
❺ away ［ə'we］ 遠離
❻ swim ［swɪm］ 游泳

＜大聲唸出句子喔＞

❶ Where were we?
我們剛才在哪裡？

❷ The waiter wears a uniform.
服務生穿著制服。

❸ The weather is getting worse.
天氣變糟了。

[w]

 比較[w]跟[hw]的發音

[w]的發音類似中文的「我」，但是，當出現[hw]這樣的音標組合時，
[h] [w]就聯合成了類似中文「壞」的發音囉！

CD

track 39

	[w]			[hw]	
❶ witch	[wɪtʃ]	巫婆	which	[hwɪtʃ]	哪個
❷ want	[wɑnt]	想要	what	[hwɑt]	什麼
❸ wide	[waɪd]	寬的	white	[hwaɪt]	白的
❹ wear	[wɛr]	穿著	where	[hwɛr]	哪裡

 玩玩嘴上體操

Which witch wished which wicked wish?
是哪個女巫許了哪個邪惡的願望？

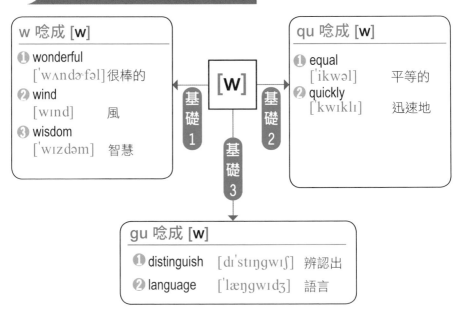

10倍速音標記憶網——哪些字母或字母組合唸成 [w]

w 唸成 [w]
1. wonderful ['wʌndɚfəl] 很棒的
2. wind [wɪnd] 風
3. wisdom ['wɪzdəm] 智慧

qu 唸成 [w]
1. equal ['ikwəl] 平等的
2. quickly ['kwɪklɪ] 迅速地

基礎 1　基礎 2　基礎 3

gu 唸成 [w]
1. distinguish [dɪ'stɪŋgwɪʃ] 辨認出
2. language ['læŋgwɪdʒ] 語言

1 填填看

請在小方格內填入音標（括號中的單字發音），然後唸出聲來。

1 ☐☐☐☐☐ → (wind)
（風）

2 ☐☐☐ →(weak)
（柔弱的）

3 ☐☐☐☐☐ →(sweet)
（甜蜜的）

4 ☐☐☐ →(work)
（工作）

5 ☐☐☐ →(was)
（是）

6 ☐☐☐☐☐ → (weird)
（古怪的）

7 ☐☐☐ →(wet)
（濕的）

答案1.[wɪnd] 2.[wik] 3.[swit] 4.[wɝk]

5.[wʌs] 6.[wɪrd] 7.[wɛt]

2 玩玩看

夜深人靜，動物園裡的動物開始聊起天來，你能分辨出是哪隻動物的
叫聲嗎？看看中文，然後把叫聲跟動物連起來。

meow

bow
wow

sss

cock-a-
doodle-doo

wee
wee

hee haw

（嘶～）

（咆嗚～）

（可卡肚兜）

（喵嗚～）

（伊～哈）

（呼伊呼伊）

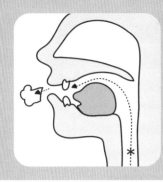

23 [j] 的發音

「耶」今天沒有功課！

耶！

 怎麼發音呢

[j]常常跟在母音的前面，跟母音[i]的發音位置很像，都是將舌頭前端往上延伸接近硬顎，接著讓氣流緩緩流出，同時振動聲帶。但不同的是，[j]通常很快的從[j]滑到後面母音的位置，算是協助母音的角色，所以又稱為「半母音」。

 邊聽邊練習單字跟句子的發音喔

＜大聲唸出單字喔＞

❶ yes   [jɛs]   是
❷ yet   [jɛt]   目前
❸ year   [jɪr]   年
❹ youth   [juθ]   年輕
❺ yellow   [ˈjɛlo]   黃色
❻ yesterday   [ˈjɛstɚˌde]   昨天

＜大聲唸出句子喔＞

❶ Happy New Year!
新年快樂！

❷ You are young.
你很年輕。

❸ Yes, this flight is to New York.
是的，這班機是往紐約。

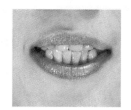

[j]

比較[j]跟[i]的發音

[j]跟[i]的發音位置很像，都是將舌頭前端接近硬顎。但不同的是，[j]通常很快的從[j]滑到後面母音的位置，所以發音很短和後面的母音幾乎連在一起。

track 40

	[j]			[i]	
❶ yes	[jɛs]	是的	east	[ist]	東方
❷ yet	[jɛt]	還沒	eat	[it]	吃

玩玩嘴上體操

The yellow yacht is not yet in New York.
黃色遊艇還沒到達紐約。

10倍速音標記憶網——哪些字母或字母組合唸成[j]

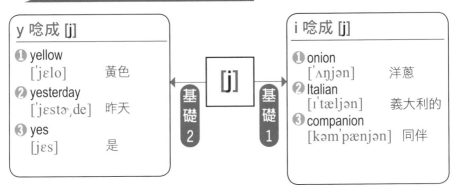

y 唸成 [j]
1. yellow
   ['jɛlo]　　黃色
2. yesterday
   ['jɛstɚˌde]　昨天
3. yes
   [jɛs]　　是

[j]

基礎 2

基礎 1

i 唸成 [j]
1. onion
   ['ʌnjən]　　洋蔥
2. Italian
   [ɪ'tæljən]　義大利的
3. companion
   [kəm'pænjən]　同伴

CD
_____

track
40

 1 聽聽看

聽聽看，根據你聽到的句子，選出括號中正確的單字喔！

1 What about this (year / ear)?

2 This is (ours / yours).

3 I like (yellow / jellow) the most.

4 You are still (young / joung).

5 He was the (mayor / major)of New York.

答案1.year 2.yours 3.yellow 4.young 5.mayor

164

2 玩玩看

小紅帽在森林裡迷路了，她向一位巫師問路，巫師卻只告訴她三個 'magic words"。請在下圖找出這三個magic words，但要先拼出這三個字來，並順著它們走，就可以幫助小紅帽回家囉！

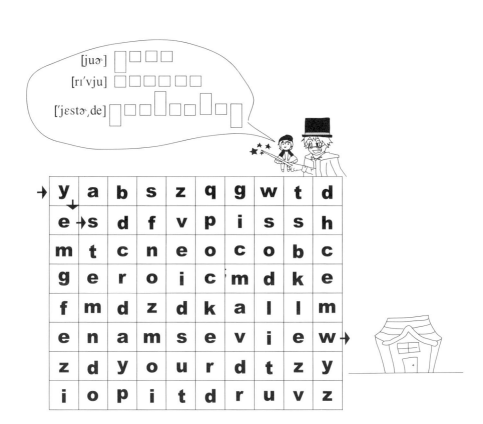

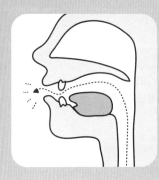

24 [h] 的發音

「哈～」怎麼還
這麼多啊！

 怎麼發音呢

[h]的發音位置雖然跟中文的「ㄏ」很像，卻有些微的不同喔！首先跟
「ㄏ」一樣嘴形半開，接著讓氣流流出，在通過喉部時與喉嚨摩擦，
這樣所發出的音就是[h]囉！[h]的發音部位比「ㄏ」還要靠近喉部喔！

CD
track
41

 邊聽邊練習單字跟句子的發音喔

＜大聲唸出單字喔＞

❶ he   [hi]   他
❷ ham   [hæm]   火腿
❸ hit   [hɪt]   打擊

❹ hair   [hɛr]   頭髮
❺ here   [hɪr]   這裡
❻ behind   [bɪˈhaɪnd] 後面

＜大聲唸出句子喔＞

❶ He is happy.
　　　　　他很快樂。

❷ The host held my hand.
　　　　　主人握住我的手。

❸ The hippo hides behind the house.
　　　　　河馬躲在房子後面。

166

[h]

 比較[h]跟[f]的發音

[h]和[f]都是無聲子音，但發音的方法卻有很大的差別。[h]是將嘴巴打開，利用氣流摩擦喉嚨發出氣音，而[f]是用氣流摩擦嘴唇和牙齒而發聲的。

CD

track
41

	[h]			[f]	
❶ hit	[hɪt]	打擊	fit	[fɪt]	合身
❷ hat	[hæt]	帽子	fat	[fæt]	肥胖
❸ hollow	['hɑlo]	空洞	follow	['fɑlo]	跟隨
❹ hear	[hɪr]	聽	fear	[fɪr]	害怕

 玩玩嘴上體操

He heard the host help the long haired girl.
他聽說主人在幫助那位長髮女孩。

10倍速音標記憶網——哪些字母或字母組合唸成[h]

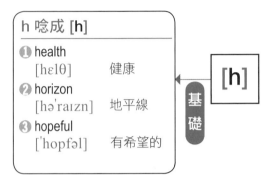

h 唸成 [h]

1 health
[hɛlθ]　　健康
2 horizon
[həˈraɪzn]　地平線
3 hopeful
[ˈhopfəl]　有希望的

[h]

基礎

CD

**track
41**

1 聽聽看

請聽完CD所唸的單字後，然後填入正確的單字及音標。

1 (here) [hɪr]
　（這裡）

5 (　　) [　　]
　（跳躍）

2 (　　) [　　]
　（快樂的）

6 (　　) [　　]
　（害怕）

3 (　　) [　　]
　（高的）

7 (　　) [　　]
　（房子）

4 (　　) [　　]
　（哈囉）

答案 2.happy[hæpɪ] 3.high[haɪ] 4.hello[hɛlo]

5.hop[hɑp] 6.fear[fɪr] 7.house[haʊs]

168

馬利歐已經告訴你哪個是藏著香菇的〔h〕囉！請根據馬利歐的提示，找出正確的單字。

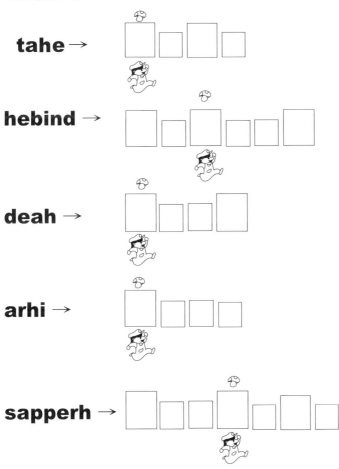

tahe →

hebind →

deah →

arhi →

sapperh →

練習題解答

母音1

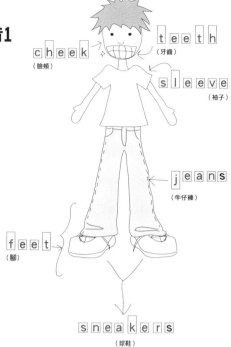

c h e e k
（臉頰）

t e e t h
（牙齒）

s l e e v e
（袖子）

j e a n s
（牛仔褲）

f e e t
（腳）

s n e a k e r s
（球鞋）

母音2

monkey

peacock

chicken

eagle

deer

rabbit

sheep

pig

pig
rabbit
chicken
【I】

170

母音3

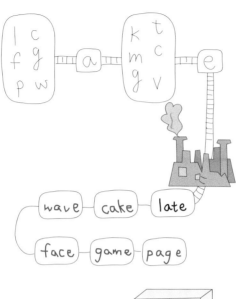

母音4

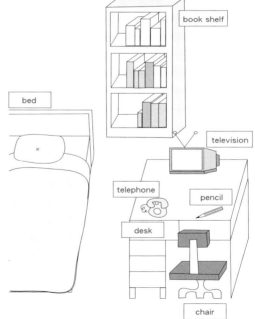

母音5

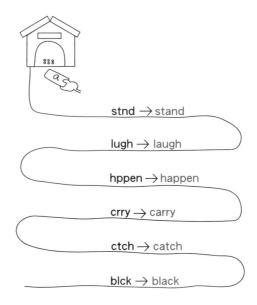

stnd → stand

lugh → laugh

hppen → happen

crry → carry

ctch → catch

blck → black

母音6

s	h	o	p	b	d	c	f	i
m	l	p	r	o	k	o	h	r	s
b	d	i	g	m	u	s	i	e	o
o	d	o	c	t	o	r	f	t	c
b	e	w	m	s	o	p	v	b	c
o	o	a	b	o	x	z	g	l	e
t	t	t	s	e	u	b	v	h	r
t	d	c	m	c	l	o	c	k	w
l	p	h	f	j	k	o	y	v	z
e	e	t	d	o	l	l	a	r	d

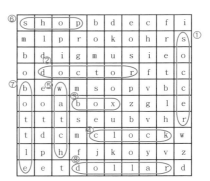

① （足球）

② （醫生）

③ （箱子）

④ （鐘）

⑤ （手錶）

⑥ （店家）

⑦ （瓶子）

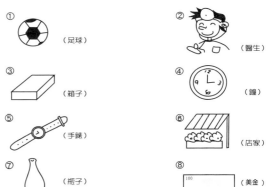

⑧ （美金）

母音7

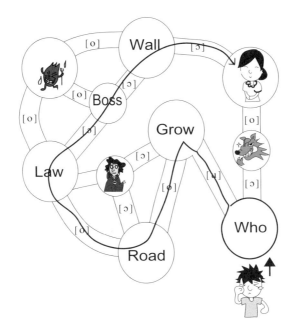

母音8

1. [pɪ'ano]   p i a n o

2. [rod]   r o a d

3. [sʌn'flauɚ]   s u n f l o w e r

4. [for]   f o u r

5. [renbo]   r a i n b o w

練習題解答

母音9

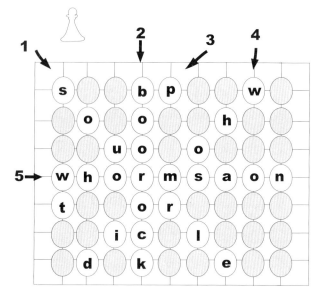

1 例：**sure**
2 book
3 put
4 wood
5 woman

母音10

1. [truθ] t r u t h

2. [θru] t h r o u g h

3. [lus] l o o s e

4. [gus] g o o s e

5. [frut] f r u i t

174

母音11

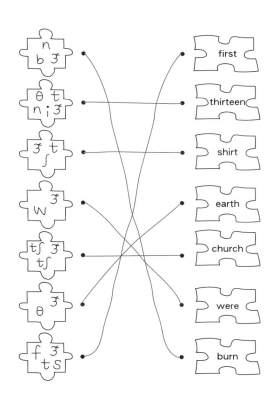

母音12

1.[ˈkʌlɚ] c o l o r

2.[ˈistɚn] e a s t e r n

3.[ˈsʌmɚ] s u m m e r

4.[ˈkʌltʃ] c u l t u r e

5.[ˈmʌðɚ] m o t h e r

練習題解答

母音13

1. [ˈdʒɛləs]　j e a l o u s

2. [məˈstek]　m i s t a k e

3. [lɛmənˈed]　l e m o n a d e

4. [pəˈlaɪt]　p o l i t e

5. [təˈde]　t o d a y

母音14

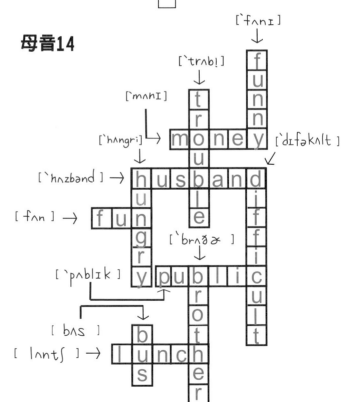

子音1

pehapn → | h | a | p | p | e | n |

elpeop → | p | e | o | p | l | e |

paple → | a | p | p | l | e |

seaple → | p | l | e | a | s | e |

apper → | p | a | p | e | r |

grinps → | s | p | r | i | n | g |

子音2

例

b a i

p e e   <u>b</u>   <u>e</u>   <u>e</u>

1. h a b

j o k   <u>j</u>   <u>o</u>   <u>b</u>

2. b i y

p u z   <u>b</u>   <u>u</u>   <u>y</u>

3. b l a e k

p r e a p   <u>b</u>   <u>r</u>   <u>e</u>   <u>a</u>   <u>k</u>

4. t x b i e

s a p l c   <u>t</u>   <u>a</u>   <u>b</u>   <u>l</u>   <u>e</u>

練習題解答

子音3

1.[ˈlɪtl] l i t t l e

2.[lɛft] l e f t

3.[tek] t a k e

4.[stɑp] s t o p

5.[let] l a t e

子音4

1.[dæd] d a d

2.[ˈdæmɪdʒ] d a m a g e

3.[gold] g o l d

4.[əˈdɪʃənl] a d d i t i o n a l

5.[ˈsʌdn] s u d d e n

子音5

子音6

1. goldfish
2. gull
3. tiger
4. eagle

子音7

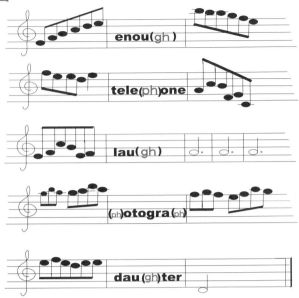

子音8

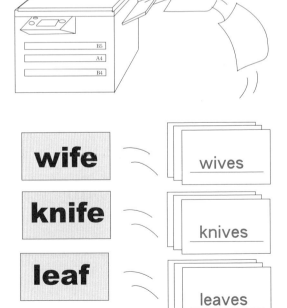

子音9

1. stret ɑn   <u>straight on</u>
直走

2. tɚn raɪt   <u>turn right</u>
右轉

3. raɪt   <u>right</u>
右邊

4. tɚn lɛft   <u>turn left</u>
左轉

5. bʌs stɑp   <u>bus stop</u>
公車站

6. ˈtræfɪk laɪt   <u>traffic light</u>
紅綠燈

7. krɔsɪŋ   <u>crossing</u>
十字路

8. lɛft   <u>left</u>
左邊

子音10

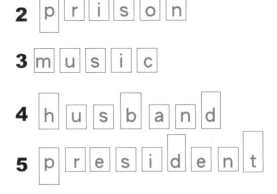

1 z o o

2 p r i s o n

3 m u s i c

4 h u s b a n d

5 p r e s i d e n t

練習題解答

子音11

1.[ˈbɝθˌde] b i r t h d a y

2.[hɛlθ] h e a l t h

3.[mʌnθ] m o n t h

4.[brɛθ] b r e a t h

5.[ɝθ] e a r t h

子音12

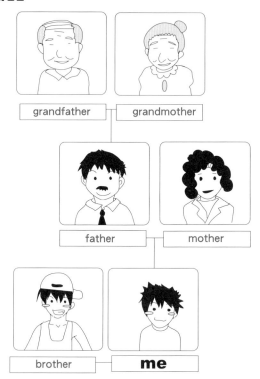

子音13

例： che / she ❌

(○)
watch

(should)
should

(dish)
dish

(shake)
shake

(○)
chair

(short)
short

(shirt)
shirt

(○)
change

子音14

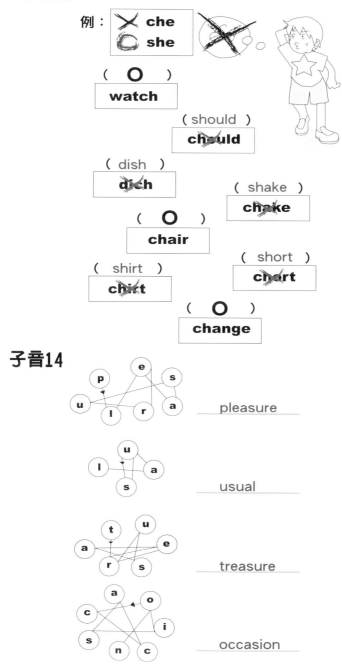

pleasure

usual

treasure

occasion

子音15

future a church e a picture

future

reach

church

cheap

picture

子音16

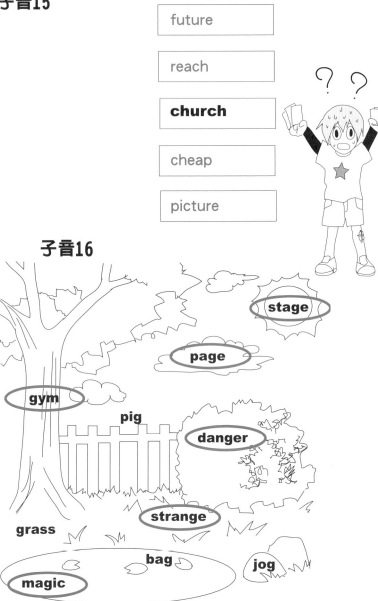

stage

page

gym

pig

danger

strange

grass

magic

bag

jog

184

子音17

1. e i c r m c a e
2. o m t a t o
3. a r m h g b u r e
4. i l m k
5. m l o t e
6. a m h

3.(hamburger)
5.(omlet)
4.(milk)
6.(ham)
2.(tomato)
1.(ice cream)

子音18

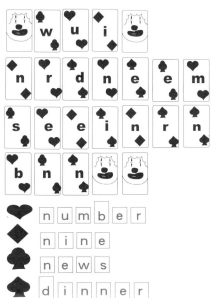

w u i

n r d n e e m

s e e i r n

b n n

♥ n u m b e r
♦ n i n e
♣ n e w s
♠ d i n n e r

子音19

1.[strɔŋ] s t r o n g
2.[θɪŋk] t h i n k
3.[rɔŋ] w r o n g
4.[drɪŋk] d r i n k
5.[θæŋk] t h a n k

子音20

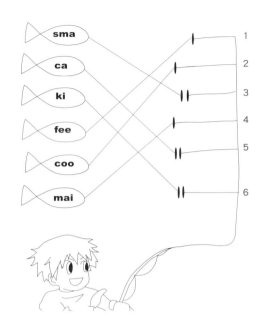

子音21

clerk : May I help you?

I : Yes. I'd like

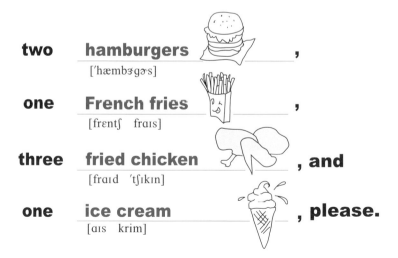

two	hamburgers	,
	['hæmbɚgɚs]	
one	French fries	,
	[frɛntʃ fraɪs]	
three	fried chicken	, and
	[fraɪd 'tʃɪkɪn]	
one	ice cream	, please.
	[aɪs krim]	

子音22

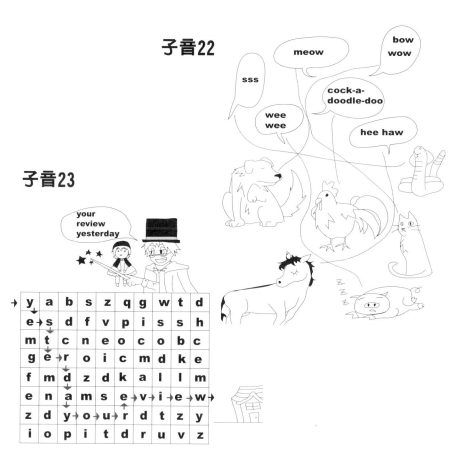

- bow wow
- meow
- sss
- cock-a-doodle-doo
- wee wee
- hee haw

子音23

your review yesterday

y	a	b	s	z	q	g	w	t	d
e	s	d	f	v	p	i	s	s	h
m	t	c	n	e	o	c	o	b	c
g	e	r	o	i	c	m	d	k	e
f	m	d	z	d	k	a	l	l	m
e	n	a	m	s	e	v	i	e	w
z	d	y	o	u	r	d	t	z	y
i	o	p	i	t	d	r	u	v	z

子音24

tahe → h a t e

hebind → b e h i n d

deah → h e a d

arhi → h a i r

sapperh → p e r h a p s

187

I good 英語 10

『KK』音標 10倍神速 記憶 法

25K+CD

發行人 ● 林德勝

著者 ● 李洋◎著

出版發行 ● 山田社文化事業有限公司

地址 臺北市大安區安和路一段112巷17號7樓

電話 02-2755-7622

傳真 02-2700-1887

郵政劃撥 ● 19867160號　大原文化事業有限公司

網路購書 ● 日語英語學習網　http://www.daybooks.com.tw

總經銷 ● 聯合發行股份有限公司

地址 新北市新店區寶橋路235巷6弄6號2樓

電話 02-2917-8022

傳真 02-2915-6275

印刷 ● 上鎰數位科技印刷有限公司

法律顧問 ● 林長振法律事務所　林長振律師

書＋CD ● 定價 新台幣249元

初版一刷 ● 2017年5月

ISBN ● 978-986-6623-46-2